suhrkamp taschenbuch 4416

Am Beginn dieses Lebens ist Herbst, und Enten schwimmen auf dem Bad Nauheimer Teich. Der Erzähler erinnert sich an ein Paradies, ein Leben ganz ohne Menschen und Zwänge. Die ersten Jahre verlebt er hauptsächlich bei der Urgroßmutter. Aber dann kommt der Umzug in das große, neue Haus der Familie, das dort gebaut worden ist, wo früher die Apfelbäume standen. Das neue Haus ist jetzt das Lebenszentrum des Kindes, das sich seiner Umwelt zusehends verweigert.

Mit *Das Haus* setzt Andreas Maier konsequent fort, was er mit seinem Erfolgsroman *Das Zimmer* begonnen hat. Ein Buch, ein Haus, ein Leben. Kindheitsräume, in denen ein Weltbild, eine ganze Welt entsteht. »Die universalste Welt, die man sich denken kann.«

Andreas Maier wurde 1967 im hessischen Bad Nauheim geboren. Er studierte Altphilologie, Germanistik und Philosophie in Frankfurt am Main. Er lebt zurzeit in Langen/Hessen. Neben zahlreichen weiteren Auszeichnungen erhielt Andreas Maier den »aspekte«-Literaturpreis, den Robert-Gernhardt-Preis, den Wilhelm-Raabe-Literaturpreis, den Hugo-Ball-Preis und den Franz-Hessel-Preis. Zuletzt erschienen: *Die Familie.* Roman (st 5144), *Die Universität.* Roman (st 5063), *Der Kreis.* Roman (st 4829), *Der Ort.* Roman (st 4689), *Die Straße.* Roman (st 4567), *Das Zimmer.* Roman (st 4303).

Andreas Maier
Das Haus

Roman

Suhrkamp

Klimaneutral
Druckprodukt
ClimatePartner.com/14438-2110-1001

4. Auflage 2022

Erste Auflage 2013
suhrkamp taschenbuch 4416

Umschlag: Göllner, Michels, Zegarzewski
Druck und Bindung: CPI books GmbH, Leck
Printed in Germany
ISBN 978-3-518-46416-8

www.suhrkamp.de

Das Haus

DRINNEN

Das Haus meiner Kindheit war groß und leer. Vorne ging es zur Stadt hin, zum Mühlweg, zu den anderen Häusern, nach hinten öffnete es sich auf die ganze Welt. Ich wuchs an einem großen Fenster auf, darunter war die Usa, unser Fluß, dahinter lag das Feld, und darüber war der Himmel. Lag ich im Bett, sah ich die Äste der großen Linden, die am jenseitigen Usa-Ufer standen. Im Sommer wehten ihre Blätter im Wind, im Herbst färbten sie mein ganzes Zimmer, im Winter starrten die Äste wie Skelette im Dunkeln, im Frühjahr bargen sie die Vögel und waren von Gesang erfüllt. Damals erkannte ich noch keine Vogelstimmen. Damals war ihr Gesang noch ungeschieden und einheitlich. Ich lernte die Stimmen erst, als das Zimmer, das Haus und die Welt, auf die hin es sich öffnete, verloren waren, wie auch das Geräusch der Usa, das mein Lebensgeräusch war. Dieses stetige Plätschern, das meinem Kopf von Anfang an einen bestimmten Rhythmus mitgegeben hat, gegen den ich mich nicht wehren konnte, vielleicht einer der Anfangsgründe meiner Krankheit.

Als ich ein kleines Kind war, brachten meine Eltern mich zum Arzt, denn ich sprach nicht, sagen sie, lange Zeit nicht, kein Wort, und ich bewegte mich absonderlich. Sie glaubten an einen schwerwiegenden Nervenschaden. Die Augenprobe bestand ich nur teilweise. Immer glitten meine Augen vom Gegenstand der Betrachtung. Am Anfang fixierte ich, dann glitt ich ab, sagen sie. Ich lag nachts im Bett und hustete mir alles aus dem Leib, auch das wurde mit den Nerven erklärt. Ich war ein erschöpftes Kind, das sich nachts in einen bellenden Hund verwandelte. Der Arzt habe mich begutachtet und gesagt, das Verhalten, das ich an den Tag lege, sei im allgemeinen Zeichen für eine Art von geistiger Behinderung, ich war aber offensichtlich nicht geistig behindert, sondern zeigte nur dementsprechende Verhaltensweisen. Ich war ein stummes Kind, das auf keinem Stuhl sitzen blieb, und wenn ich im Bett lag, schloß ich die Augen und öffnete sie wieder und wälzte stundenlang und die halbe Nacht langsam meinen Kopf auf dem Kissen hin und her, von links nach rechts und wieder von rechts nach links. Das machte meinen Eltern angst. Ich war verschlossen in meiner Welt, so sei es ihnen vorgekommen.

Erinnerungen an die erste Zeit im Haus habe ich nicht. Aber ich sehe immer ein Bild vor mir, nämlich wie ich im Kinderwagen im Foyer, unserem Hausflur, sitze. Vielleicht hat mich meine Urgroßmutter gerade von den Enten am Bad Nauheimer Teich nach Hause gebracht, und nun sitze ich dort im Kinderwagen und betrachte mit verschlossenem Mund die Welt und wiege den Kopf hin und her. Auch im Kinderwagen soll ich oft diese Bewegungen mit dem Kopf gemacht haben. Unten eine riesige, leere Fläche von Marmorfliesen, die eine große Kühle ausstrahlen. Dann nach rechts die lange Flucht des Ganges. Hinten im Gang ist es ganz lichtlos. Vorne, aber erst in einigem Abstand zu mir im Kinderwagen, die riesige freischwebende Treppe, mit denselben Marmorplatten belegt wie der Boden. Hinter mir, durch die offenstehende Tür, strömt Licht herein, und vom Obergeschoß kommt ebenfalls Licht herab, als sei dort oben eine Art Himmel, eine andere Sphäre. Das Foyer sieht in diesem Bild aus wie eine riesige Theaterbühne, ein Architekturstück in kühler, geometrischer Ordnung ohne Schauspieler, nur mit mir darin. So sehe ich meinen Wagen wie in einem universalen Raum, in dem sich jeder Augenblick bis an die Grenzen der fernen Wände und in die schwummrige Dunkelheit hinein dehnt. Das einzige Material, aus dem dieses Universum besteht, sind die fernen Tapeten der Wände und die zahllosen Fliesen auf dem weit sich verlierenden Boden. Vielleicht betäubt mich dieses Foyer mit seiner Stille und Riesenhaftigkeit, oder ich schaue es verwundert an und dämmere dabei hinweg.

Wenn man im Erdgeschoß die breite, offene Kellertreppe hinabblickte, die in der Mitte des Foyers lag, sah man wie in einen Schlund hinein. Es war eine dunkle, unheimliche Öffnung. In der Uhlandstraße hatte der Keller hinter einer Tür gelegen. Auch bei der Urgroßmutter mußte man erst einmal das Treppenhaus hinuntersteigen und dann eine gelblich mit Lack angestrichene Holztür öffnen, um in den Keller zu gelangen. Hier aber mußten sie mich davor bewahren, in diesen Kellerschlund hinabzustürzen. Ob mich dieses unbekannte Dunkle anzog, das da jeden Tag offen vor mir lag, ob es mich abstieß und mir Furcht einflößte? Manchmal muß ich gesehen haben, wie jemand hinabstieg, irgendeine Person, mein Vater, meine Mutter, mein Onkel J., ein Schemen, der gegen das Kellerlicht dünner wurde, als gehe er dort unten seinem Verschwinden entgegen. Wenn er um den Treppenknick verschwunden war, war er weg, nicht anders, als sei er endgültig dort unten verloren und ausgelöscht wie in einer Vernichtungsmaschine. Einige Minuten später tauchte wieder ein Schemen auf, wurde voluminöser, der Betreffende kam wieder zur Welt oder war auferstanden, jetzt vielleicht mit einem Bierkasten oder einer Weinflasche oder einem Wäschekorb in den Händen; die Lampe war oberhalb des Treppenabsatzes so angebracht, daß derjenige, der emporstieg, eine Aura um seinen Kopf bekam und auf einer bestimmten Stufe der Treppe einen Heiligenschein hatte. Dann war die Figur wieder im Foyer angekommen. Das letzte, was geschah, war, daß schlagartig das Licht wegfiel und der Kellerabgang, eben noch ausgeleuchtet bis in jeden Winkel, wieder in Dämmerung und weiter unten in Schwärze lag. Daß die Ursache dafür ein Lichtschalter war, den die betreffende Person betätigt hatte, dürfte ich damals kaum begriffen haben. Vermutlich kam mir alles wie eine Naturgesetzlichkeit vor, die ich anstaunte wie die Sagen und Märchen, die man mir erzählte.

Anders war es, wenn jemand in den ersten Stock emporstieg. Dann stieg er in jenes diffuse Licht, das von oben kam und immer heller wurde. Das war der Aufstieg in den Himmel, dort oben im ersten Stock wurde man von einer Lichtatmosphäre aufgenommen wie bei einer Verklärung. Diese Verklärung lag übrigens allein daran, daß dort oben der Treppe gegenüber ein großes Fenster eingelassen war und die danebenliegenden Türen, die auf ein großes Zimmer nach Süden gingen, meist geöffnet waren. Unten im Foyer gab es nur eine dunkle Milchglasscheibe, auch waren die Türen der anderen Räume immer verschlossen, den ganzen Flur entlang. Wenn jemand hinaufging, hatte ich keine Angst um ihn, auch wenn er, etwa wie unsere Nähfrau Däschinger, dann stundenlang nicht mehr herunterkam. (Frau Däschinger saß ganze Nachmittage dort oben und nähte vor sich hin in einem großen, hellen Balkonzimmer.) So war das Foyer ein manichäischer Apparat, der die Welt in Licht und Dunkel teilte, mit allen Konnotationen wie erhaben einerseits, unheimlich andererseits, vielleicht auch gut und böse *et cetera*. Auf diese Weise schuf mir das neue Haus seine ganz eigene Sagenwelt. Noch heute sind Besucher regelmäßig erstaunt, wenn sie unser Foyer zum ersten Mal betreten und den Kellerabgang vor sich sehen. Um wieviel mehr muß es mich, das Kleinkind, erstaunt haben.

Vor dem Umzug hatte ich in einer anderen Welt gelebt. Da war der Kurpark in Bad Nauheim, in dem ich sehr oft gewesen sein soll, das Haus meiner Großmutter in der Uhlandstraße, wo wir vor dem Umzug in einer kleinen Dachzimmerwohnung gelebt hatten, die alte Wohnung meiner Urgroßmutter, in der ich mich meistens aufgehalten haben soll. Diese Welt, meine erste, war die Welt meiner Großeltern und Urgroßeltern. Noch mit fünf, mit sieben Jahren war ich immer lieber im Haus der Großmutter oder bei der Urgroßmutter. Vielleicht fällt mir deshalb immer zuerst, wenn ich an unser Haus denke, dieses Bild mit dem Foyer ein, weil es den Übergang markiert, den ich damals erlebte, den Übergang zwischen der alten Welt und der neuen. Ich sitze im Vorraum, kann noch nicht sprechen, vielleicht ist meine Urgroßmutter nur kurz in die Küche oder an die hintere Garderobe gegangen, das sind keine acht Meter, aber in dem Augenblick, da ich dort sitze (wenn es Herbst ist, kommen die kalte Luft und das Oktober- oder Novemberlicht durch die offene Tür hinter mir mit hinein), schließt sich der Raum um mich und hebt mich in seinen geometrischen, weiten, leeren Kosmos. Ich stelle es mir wie ein Bild von Paul Delvaux vor. Daß meine Urgroßmutter nur um die Ecke gegangen ist und in wenigen Sekunden wieder erscheinen wird, weiß ich nicht, dieser Gedanke, diese Ahnung kommt in dem Bild nicht vor.

Das Haus war damals neu gebaut worden auf dem Grundstück unseres ehemaligen Apfelgartens. Innen war es noch kaum eingerichtet, ich vermute, das einzige, was in der langen Flucht des Foyers vorhanden war, war die vordere Garderobe, ein Gestell aus schwarzgestrichenem Metall mit ausladenden Haken daran, die für mich in den folgenden Jahren stets etwas Furchterregendes hatten, denn sie erinnerten mich an die Haken bei unserem Fleischer, dem Metzger Blum. Die Dachwohnung im Haus meiner Großmutter, in der wir vorher gewohnt hatten, war dagegen geradezu winzig und sehr verwinkelt gewesen. Dort waren die Wände und die Türen nah, man sah nie weiter als vielleicht drei oder vier Meter, und überall waren Gegenstände, Einrichtungen, Tische, Kommoden, Spiegel, Stühle, Teppiche, Vasen, Blumen *et cetera*. Die Urgroßmutter lebte in einem noch älteren Haus als meine Großmutter. Sie hatte eine Wohnung im zweiten Stock, zu der sie mich stets hochtrug. Ich hielt mich dort meist in der Küche auf, dort war alles voller Schüsseln, alter Kannen, Einmachgläser, Dosen, Vitrinen, in der Mitte des Raumes ein großer Tisch, teils stammte die Einrichtung noch von den Eltern der Urgroßmutter aus den zwanziger Jahren. Das war die andere Welt, eine Welt voller Gerüche, Geräusche, knarrender Holzstufen, ob sie damals noch Sauerkraut im Keller hatte, weiß ich nicht – ich habe an meine Urgroßmutter keinerlei lebendige Erinnerung mehr und kenne sie nur noch von Fotos und Erzählungen. Auch die knarrenden Holzstufen kenne ich nur von später. Und doch habe ich sie in meinen ersten Lebensjahren täglich gehört. Immerhin habe ich von der Küche der Urgroßmutter noch ein ganz fernes Bild im Kopf, genauer gesagt vom großen Küchentisch, aber vielleicht auch nur, weil meine Schwester später regelmäßig erzählte, wie sie sich dort unter dem Tisch versteckt habe, wenn sich die Urgroßmutter ankleidete, und wie sie von da die alten, großen Brüste der Urgroßmutter angeschaut habe. Offenbar hat sie das öfter getan.

Wie jede frühe Kindheit, so wird auch meine in der Familie in einer Ansammlung ganz verschiedener Geschichten und Anekdoten erzählt, von denen ich nicht weiß, inwieweit sie zutreffen oder ob sie überhaupt irgendwie zutreffen, auch wenn ich im

Zentrum dieser Erzählungen stehe, als das Kind Andreas bzw. der *Andi*, wie sie mich nannten. Dieser Andi sei in den ersten Tagen ein unkompliziertes Kind gewesen. Schon die Geburt sei ganz leicht gewesen. Mein Vater war wie immer mit seinem Dienstwagen nach Frankfurt gefahren, die Wehen setzten am Morgen ein, und daraufhin folgt immer die Anekdote mit dem Milchmann, der meine Mutter in die Geburtsklinik fährt. Er stellt gerade die Milchflasche vor die Tür, da fragt ihn meine Mutter, ob er sie nicht in die Klinik fahren könne. Andernfalls hätte sie vielleicht ein Taxi genommen oder meinen Onkel J. angerufen. Ob schon eine Tasche mit den notwendigen Sachen für den Aufenthalt in der Klinik bereitstand, wird nicht erzählt, es ist aber wahrscheinlich. Es war nämlich die dritte Niederkunft, so wird alles bereits mit einer gewissen Routine vonstatten gegangen sein. Die Familie wohnte damals in einer Wohnung in Nieder-Mörlen, einem Stadtteil von Bad Nauheim, und bestand aus vier Personen, meinen Eltern und meinen zwei Geschwistern. Meine Mutter lebte dort einige Jahre als Hausfrau, hauptsächlich beschäftigt mit den Kindern und dem Haushalt, und möglicherweise verströmte sie nach außen Glück und Zufriedenheit und auch Stolz auf die Ehe, den Gatten, die eigene Wohnung, die Kinder und überhaupt auf das Gesamtbild, das sie mit alldem vor sich und der Umwelt abgab, es muß alles in gewisser Weise die Erfüllung eines vorgestellten Lebensplans gewesen sein, und ich vermute, damals, im Schwung der ersten Ehejahre, war das, was sie als ihr Glück bezeichnet haben mag, noch halbwegs ungebrochen. In der ersten Zeit wird sie ihre Wünsche noch für ganz wirklich gehalten haben. Die Kinder waren klein, man konnte sich um sie kümmern, sie waren augenscheinlich noch keine Personen, und der Haushalt um sie herum war ganz auf die Kinder und die häusliche Versorgung des Mannes abgestimmt, der wiederum den ganzen Haushalt finanziell ermöglichte. Ich stelle mir diese ersten Jahre zwar nicht als Idyll vor, aber als Jahre einer gewissen glücklichen Überraschtheit, als könne alles tatsächlich so sein, wie man es verabredet hat, und als sei das durch die Ehe verheißene Glück tatsächlich möglich. Ich kann daraus allerdings kein lebendiges Bild zeichnen, ich müßte denn meine Mutter ins Auto setzen auf dem Weg in die Stadt zum Friseur oder zur Konditorei, wo sie die Königinpasteten für den Heiligen Abend abholt (vorbestellt), ich müßte sie an den Herd stellen oder auf die Couch setzen, wo sie einem ihrer Kinder die Brust gibt, ich müßte sie an die Mangelmaschine setzen, wo sie Handtücher mangelt, ich müßte sie in die Kirche setzen oder knien oder nach vorn zur Kommunion schicken, und über all das müßte ich die höhere Idee der Ehe setzen, die alle diese einzelnen Lebensdetails auratisch umleuchtet, zumindest für die betreffenden Personen. Daneben die permanente Abwesenheit ihres Gatten nebst seinen diversen Aufbautätigkeiten für die Familie, dem Abschluß von Versicherungen, Bausparverträgen, dem Eröffnen von Konten und Niederschreiben von Steuererklärungen, der politischen Arbeit im Stadtparlament, und auch ihn müßte ich, wenn er am Feierabend oder an den Wochenenden da ist, neben seine Gattin auf das Sofa oder auf die Kirchenbank setzen, und zwischen sie vielleicht die beiden Kinder. Sie werden oft in die Uhlandstraße gefahren sein oder zu meiner Urgroßmutter nach Friedberg in die Usavorstadt. Vielleicht gemeinsame Kartoffelpuffer am Herd, die Eier stammen aus den Ställen auf dem Grundstück der Steinwerkefirma.

Der erste konkrete Begriff, mit dem meine Zeitrechnung beginnt, ist also der Milchmann. Ich sehe eine Frau, die sich eingerichtet hat, ihren Tagesablauf hat, ein gutes Verhältnis zum Milchmann, zwei, drei Kilometer entfernt von ihren nächsten Verwandten, die aber sicherlich jeden Tag Kontakt zu diesen Verwandten hat, oft mit ihnen telefoniert und die anstehenden Dinge bespricht. Neben der Geschichte mit dem Milchmann und der leichten Geburt, über die sich alle gefreut haben, gab es wenige Wochen zuvor allerdings auch die Beerdigung meines Großvaters und, wiederum einige Wochen vorher, die des Urgroßvaters, wodurch die Firma plötzlich führungslos geworden war. Zum Zeitpunkt meiner Geburt war die Direktorenstelle der Firma Steinwerke Karl Boll vakant, und meine Mutter sollte sie übernehmen.

Also, der Milchmann. Vielleicht gab es häufig Gespräche beim Milchbringen, zwischen Tür und Angel, und der Milchmann bekam dann einen Schnaps wie der Postbote. Er folgte dem Wunsch meiner Mutter und fand es wahrscheinlich abwechslungsreich, eine Hochschwangere im letzten Moment in die Klinik zu fahren, aber möglicherweise ist dem Milchmann auch während der Fahrt klargeworden, daß die Geburt sich auch gleich, also noch im Milchwagen, ereignen könne, folglich wird er sich beeilt haben. Ansonsten wäre ich vielleicht in einem Milchauto zur Welt gekommen irgendwo zwischen Nieder-Mörlen und Bad Nauheim auf der B3. Ganz plötzlich sei es gegangen, und ich (der Andi) sei dagewesen. Ich, das Milchmannkind, die leichte Geburt, das einfache Wesen, und gleich gelacht soll ich haben, gefreut soll ich mich haben, auf der Welt und nun im Sonnenlicht, aber wahrscheinlich habe ich doch eher um mein Leben geschrien im ersten Moment, wie alle Kinder. Vermutlich wurden dort in der Geburtsklinik mindestens fünf oder zehn geboren an diesem Tag, und jeden lächelten sie an und ließen ihn schreien und legten ihn dann ab und riefen die nächste Kreißende herein. Auch für meine Mutter war ich ja bereits Routine. Am Abend dann der Vater, wie er mit einem Blumenstrauß erscheint im Dienstwagen, und möglicherweise, wenn alles so einfach mit dem dritten Kind war, fuhren sie bereits am selben Abend mit mir nach Nieder-Mörlen, und auch die dann folgenden Handgriffe an mir waren Routine und geübt und betteten mich in die Tücher, in die schon zwei andere Kinder gebettet worden waren. Wieder ein Kind da. Noch eins. Schönes Wetter soll an diesem Tag geherrscht haben in der Wetterau, es war der Tag des heiligen Ägidius, des Schutzhelfers bei Unfruchtbarkeit, Pest und Geisteskrankheit, abends stand der Mond nur noch zu einem Achtel am Himmel, und im Fernsehen sahen sie die Abendnachrichten, in denen die Republik des Kriegsausbruchs auf den Tag genau vor achtundzwanzig Jahren gedachte (an einem Freitag wie mein Geburtstag). Damals war das Zweite Deutsche Fernsehen seit genau einer Woche in Farbe auf Sendung. Auch in den folgenden Tagen und Wochen soll ich ein einfaches, unkompliziertes Kind mit einem sonnigen Gemüt gewesen sein.

Die ganze Familie muß in den ersten Tagen an mir vorbeidefiliert sein, das heißt die Bad Nauheimer Großmutter und Urgroßmutter, der Großvater aus Frankfurt und die dortige Großmutter, der Bruder und die beiden Schwestern meines Vaters, der jüngere Bruder meiner Mutter, Onkel J., die bereits größeren und gehfähigen Nachkommen all meiner Frankfurter Onkel und Tanten, alle sind sie an mir vorbeigelaufen und haben in mein Bett hinein- und auf mich gestarrt mit erfreuten Gesichtern, manche vielleicht auch nur verunsichert und pflichtbewußt, manche begeistert und mit ihren Händen in meinem Gesicht. Dann wurden Karten geschrieben, dann wurde ich ins Taufregister eingetragen, und während all dessen lag ich herum und wurde ernährt und gesäubert und gewickelt. Inzwischen mußte sich meine Mutter um die Firma kümmern, dann kam mein erster Umzug, in die Uhlandstraße in die kleine Dachwohnung.

Die Anekdoten blieben noch eine Weile lieblich. Geschrien hätte ich natürlich so gut wie gar nicht in den ersten Wochen, und ich hätte mich nie aufgedrängt. So ging ich in der ersten Zeit, stelle ich mir vor, von Hand zu Hand, bis ich für die ersten Jahre in der meiner Urgroßmutter landete, und meinem Vater gratulierten sie in seiner Firma und reichten ihm die Hand und schüttelten seine und tranken mit ihm ein Glas Sekt. Am Anfang wurde ich bestaunt wie jedes Kind, und jedes Kind war wie eine Pflicht, die man endlich auf sich genommen hat, weil alles andere eine Art von Fahnenflucht gewesen wäre und ein schierer, unglaublicher Egoismus. Lieblich auch: Die Urgroßmutter, die zu meiner ersten großen Bezugsperson wurde, habe immer *mein Bubchen* gesagt, wenn sie von mir gesprochen habe. Ganz vernarrt soll sie in mich gewesen sein, und zwar von Anfang an, wobei anzumerken ist, daß etwas anderes in der Familie auch nicht erzählbar wäre. Mit Sicherheit würde nie jemand erzählen, daß die Urgroßmutter unter Murren und Beschwerden den Säugling an sich genommen habe, denn dann müßte ja gerechtfertigt werden, wieso man ein Kind zu jemandem schiebt, der offenbar lieber nichts damit zu tun hat. Da ich also die ganze Zeit bei der Urgroßmutter war, muß sie mich natürlich über alles geliebt haben, sonst könnte die Familie diese Geschichte gar nicht erzählen. Auch bei uns wurden immer nur die Geschichten erzählt, die man guten Gewissens erzählen kann, wie in jeder Familie. Heute weiß ich, daß es 1967, im Jahr meiner Geburt, nach dem Tod der beiden alten Bolls, Urgroßvater Karl und Großvater Wilhelm, zu einer kompletten Neuordnung der Familie unter der Ägide des eingeheirateten Rechtsanwalts und ehemaligen Steuerbeamten, meines Vaters, kam, bei der ganz neue Rollenverteilungen geschaffen wurden wie etwa für meinen Onkel J. oder auch für meine Urgroßmutter, wie ja auch meine Mutter plötzlich zur Firmenchefin wurde, eine Tatsache, ohne die das große Haus auf dem Gelände unserer Grabsteinfirma nie entstanden wäre. Vielleicht bin ich ganz anders aufgewachsen, als es die lieblichen Anekdoten erzählen.

Inzwischen wohnten wir also in der Uhlandstraße. Morgens holte mich meine Urgroßmutter dort ab, verpackte mich und schob mich auf die Straße, auf der damals noch kaum Automobile fuhren. Sie schob mich nach rechts, die Uhlandstraße entlang mit ihren villenartigen Häusern, gebaut um die alte Jahrhundertwende, in deren Vorgärten Rosen blühten, und vor jedem Haus standen Bäume und waren im Herbst gefärbt und ließen ihr Laub fallen, vielleicht wirbelten die Blätter um mich herum und freuten mich. Dann, am Ende der Uhlandstraße, bog meine Urgroßmutter nach rechts, dort erreichten wir nach wenigen Metern den Solgraben.

Der Solgraben gehört zum Bild meiner Kindheit. Mit fünf, sechs Jahren stand ich oft an der Hand meiner Großmutter Gusti am Solgraben, staunte in das rote, klare Wasser hinein und betrachtete die Ablagerungen im Bett des schmalen Grabens, der auf mich wie ein Lebewesen wirkte. Manchmal war er stillgelegt, dann schaufelten ihn Arbeiter aus, dann wieder war er so zugewuchert von Sole-Ablagerungen, daß das Wasser sich nur mit Mühe in ihm bewegen konnte, oder er war klar und das Bett gereinigt, dann schwammen Enten auf ihm, trieben im Herbst vielleicht Blätter auf dem Wasser, und die Häuser und Bäume spiegelten sich in seinem Lauf und schufen einen Eindruck von Tiefe, obwohl das Wasser nie höher als fünf Zentimeter in dem Graben stand. Damals liebte ich den Solgraben.

Aber noch bin ich erst ein halbes oder ein Jahr alt und im Kinderwagen bei meiner Urgroßmutter Else. Was der Solgraben in dieser ersten Zeit für mich war, kann ich nicht sagen, denn ich habe natürlich keinerlei Erinnerung daran. Ich kann nur sagen, daß er da war und, wenn die Urgroßmutter auf einer Bank an seinem Lauf saß und mich auf ihrem Schoß hielt, damit ich alles um mich herum betrachten konnte, schon immer so ausgesehen hatte, und daß er auch damals bereits ganz selbstverständlich zu mir und meinem Leben dazugehörte.

Meine Urgroßmutter, stelle ich mir vor, schob mich nun über die winzige Holzbrücke, die über den Solgraben geht, jetzt waren wir auf der anderen Seite und kamen in den vorderen Teil des Parks, auch dort vielleicht gerade Herbst. Im Herbst sehen auch die Gradierbauten aus, als seien sie aus Herbst gebaut. Ich, das kleine Kind, werde im Wagen vorbeigeschoben an der riesigen Wand aus Schwarzdorngeäst, über die kleine Wassertropfen perlen und mich mit salziger Luft anwehen, und ich atme es, und es ändert meinen Atem und ändert mich, ohne daß ich es merke, denn alles geschieht noch unbewußt. Zuerst die Hausluft im zweiten Stock, vielleicht hat die Großmutter im Erdgeschoß Krautwickel für das Mittagessen vorbereitet, dann die Herbstluft zwischen den Häusern der Uhlandstraße, dann sind wir nur noch zwischen Bäumen, und nun die mit Salz angereicherte Kurluft, die in Bad Nauheim künstlich erzeugt wird, um dem Kurgast eine Art Meeresatmosphäre zu verschaffen. So gehe ich von einem in den anderen Luftzustand über auf meinem kurzen Weg, den die Urgroßmutter bislang mit mir zurückgelegt hat, und ich bin sicher, daß sie vor dem Gradierwerk anhält und sich auch dort eine Weile auf eine Bank setzt oder mich sogar durch den Gradierbau hindurchschiebt, wobei ich dann ganz umschlossen bin von den Schwarzdorngeästen und der feuchten, kühlen Luft und dem kirchenschiffartigen Holzgebäude um mich herum, mit seinen riesigen Ausmaßen und dem feinen, wispernden Plätschern darin, alles umgeben von den Stimmen der Vögel, und alles dort draußen und zugleich in mir, Tag für Tag, mein ganzes erstes Jahr und zweites Jahr. Ich stelle mir eine Zeit ganz ohne Linearität vor, ein ewiges Einerlei. Meine Großmutter schiebt mich über die von einem Tropfenfilm überzogenen Holzbohlen, links und rechts die Wände voller triefendem, perlendem, säuselndem Wasser, wie wenn es immerfort regnete in einem ewigen, gleichbleibenden Fortgang. Schwarzes Geäst akkurat geschichtet links und rechts neben mir, oben der Blick in den freien Himmel, ein schmaler, aber dennoch großzügiger Spalt dort, wo in einem gotischen Mittelschiff das Gewölbe wäre, und an den Enden, im Westen wie im Osten (so würde es bei einer Kirche heißen), die großen Rundbogenportale, durch die ich auch später mein Leben lang geschritten bin in der Wiederholung des damaligen Augenblicks, von dem ich nichts weiß, außer daß es ihn gegeben hat und ich ihn erlebt habe. Dieses Wissen ist zwar, wie alles hinsichtlich meiner ersten Jahre, rein abstrakt, aber dennoch war die Atmosphäre da und meine Wahrnehmung von alldem vielleicht grundsätzlicher als später mit Hilfe von Gedanken an Kirchenschiffe und dem Wissen um Schwarzdorn, Holzbohlen und die Funktionsweise eines solchen Gradierbaus.

Der Gradierbau (gerade schiebt mich meine Urgroßmutter zu einer der mit Holz ausgeschlagenen Sitzkabinen, läßt mich, das heißt den Wagen, neben sich stehen und setzt sich auf die Bank, derweil sie eine Kunststoffolie über ihr Haar und ihre Schultern breitet, weil es auch dort tropft, und mich wird sie auch auf irgendeine Weise schützen, und so wird sie still eine Viertelstunde dasitzen, und wir werden nichts als das ewige Tropfen hören, jenes Geräusch, bei dem man irgendwann wegzudämmern beginnt) ist zeit meines Lebens der Ort eines Mysteriums gewesen, wie ein materialisiertes Märchen oder wie ein konkret und faßbar gewordener symbolistischer

Traum, ein Naturzustand in den Begriffen der Zivilisation. Alle meine Gäste habe ich stets in den Gradierbau geführt, und alle verstanden sofort die fast sakrale Gegenwart dieses Ortes, den ich auf die geschilderte Weise bereits in meinen ersten Lebensmonaten kennengelernt habe unter dem Patronat meiner Urgroßmutter Else.

All das, was die Urgroßmutter, den Erzählungen nach, damals mit mir unternommen haben soll, habe ich seitdem mein ganzes Leben lang immer wieder gemacht. Als ich siebzehn, achtzehn Jahre alt war, fuhr ich jeden Tag von Friedberg nach Bad Nauheim in den Kurpark, und auch die Gradierbauten suchte ich so oft auf, wie es ging. Enten, vor allem Stockenten, sind noch immer meine Lieblingstiere. Wie ich später die Einrichtung im Untergeschoß der Uhlandstraße genau so wiederherzustellen versuchte, wie sie zur Zeit meines Großvaters und meiner Großmutter gewesen war, das Eßzimmer mit der Anrichte, der Tischgruppe und der Gästeliege, das Wohnzimmer mit den sogenannten Herrenzimmermöbeln meines Großvaters, den alten Vasen und Kristallschalen und so weiter, so rekonstruiere ich bis heute eigentlich auch immer wieder zwanghaft die Jahre, an die ich mich nicht erinnern kann, und ich mache meine mir nicht mehr gegenwärtige Urgroßmutter dadurch wieder lebendig, daß ich die alten Wege von damals gehe und an den Plätzen sitze, auf denen sie damals auch saß, mit mir als Säugling. Und auch wenn der gegenwärtige Bürgermeister mit großer Energie an der Vernichtung dessen arbeitet, was meine Geburtsstadt einstmals war, so ist doch ein Teil meiner damaligen Jahre tatsächlich noch vorhanden und noch nicht ins Nichts zurückgewandelt worden: die Uhlandstraße mit ihren Häusern, der Solgraben, der Park, die Gradierwerke, auch ein Großteil der Cafés, die meine Urgroßmutter mit mir aufsuchte, ist noch da. Wenn ich dort spazierengehe, rede ich mir immer ein, ich liefe eigentlich durch meine früheste Seelenlandschaft.

1970 baute die Familie dann also das Haus in Friedberg im Mühlweg. Arbeiter sägten die Apfelbäume des ehemaligen Obstgartens ab und gruben die Wurzeln aus dem Grund, legten die Stallungen nieder, man holte die Hühner vom Hof und schlachtete sie, auch der Hund war schon lange verschwunden, der alles zu bewachen hatte (ein Schäferhund namens Zeus, den ich nie kennengelernt habe), dann zogen sie den Zaun, um die Familie vor der Umwelt und der Nachbarschaft zu schützen. Anschließend hoben sie das Erdreich aus, verlegten ihre Leitungen, ihre Abwasserrohre unter die Erde, gossen Beton, wo vorher nur Erde und Bäume und Farn und Laub waren, und nun war da bereits eine riesige Betonwanne mit unterirdischen Kanalanschlüssen für Wasser und Fäkalien, das hatte keine zwei Monate gedauert, und meine Mutter steht mit ihrem leichten, hellen Übergangsmantel im Frühling, im Herbst auf dem Baugelände und überwacht den Bau, ein Kopftuch über dem Haar gegen den Staub und den Wind, während mein Vater in Frankfurt am Main ist und erst am Abend in die Wetterau zurückkehrt in seinem Dienstwagen der Henninger Bräu AG. Für den Dienstwagen ist auch mitgegossen worden, das Betonfundament der Garage. Auch das Automobil soll eine Heimat haben, auch es gehört mit zum Haus und soll darin wohnen und gegen Wind und Regen und Frost geschützt werden wie die Familie, und sogar eine Garagenheizung bekommt das Automobil und bald auch schon ein Geschwister, das Auto meiner Mutter. Dann werden Zug um Zug die Wände hochgezogen, immer weiter wächst das Haus, immer größer wird es. Dann steht es da als Rohbau, schon mit Dach, aber noch ohne Putz, Tapeten und Böden, und wer damals durch die Raumfluchten gegangen wäre, hätte sich sofort verlaufen, so viele Räume und Winkel gab es darin. Dann kommen die Haustür und die Fenster, und bald machen sie sich an die Ausgestaltung des Foyers mit dem Marmor, und sicherlich stehen auch die Arbeiter nach Vollendung des Foyers für einen Moment nachdenklich in der Raumflucht und sind verwundert über die seltsame Größe und Leerheit dessen, was sie eben vollendet haben.

Einzug. Noch immer holt mich die Urgroßmutter täglich ab und schiebt mich ins nunmehr drei Kilometer entfernte Bad Nauheim. Ich bin jetzt zweieinhalb. Das neue Haus. Mein Vater fährt aus der Garage heraus, mein Vater fährt in die Garage hinein. Auch meine Mutter fährt immer wieder aus der Garage heraus und in sie hinein. Fast genauso oft, wie sie aus der Haustüre tritt, fährt sie mit ihrem Auto aus der Garage, es sei denn, sie läßt das Auto gleich in der Zufahrt stehen. Und wenn ich das Haus verlasse, dann inzwischen wohl auch fast immer im Auto. Meine Mutter nimmt ihren Mantel und ihre Handtasche vom Garderobehaken, nimmt den Schlüssel vom Brett und steht in der Tür, das hat sie mein ganzes Leben lang gemacht, am Anfang ist sie fünfunddreißig Jahre alt und schwarzhaarig, später ist sie fünfundfünfzig oder fünfundsechzig oder fünfundsiebzig, inzwischen weißhaarig, und steht immer noch im Türrahmen mit Handtasche und Schlüssel, inzwischen geht die Garagentür automatisch auf, und das Einfahrtstor auch. Zeit unseres Lebens im Mühlweg war der Gang hinaus eigentlich der Gang in die Garage. Während mein Onkel J. seinen braunen Variant fuhr, fuhr meine Mutter bereits einen Mercedes, weiß. Am Anfang noch mit ausladenden Kotflügeln und Hupbügel und Lederschaltknüppel. In der ersten Zeit des Hauses immerhin konnte meine Mutter noch zum

Metzger Blum laufen. Zum Edeka, zwei Ecken weiter, wurde dagegen schon immer gefahren. Den Bäkker gab es zu meiner Zeit bereits nicht mehr. Meine Mutter auf dem Weg in die Stadt, die Tochter abholen oder zum Eiskunstlaufen bringen, einkaufen, Wäsche holen und so weiter. Mein Vater im Garten, der anfangs noch nicht durch einen Zaun gegen das restliche Firmengrundstück abgegrenzt war, über eine Wäscheschnur Federball spielend mit meinem Onkel, J.s jüngerem Bruder. Der Vater in weißer Tenniskleidung. Oder er steigt in seinen Dienstwagen und fährt zum Tennisplatz, mit einer Tennistasche. Oder er fährt zur Kreistagssitzung. Oder er fährt zur Arbeit.

Seitdem wir in dem neuen Haus wohnten, änderten sich die Geschichten über mich. Sie waren nun nicht mehr lieblich. Die Arztbesuche fangen an. Die Eltern setzen mich ins Automobil, fahren aus der Garage und der Hofeinfahrt hinaus irgendwohin in das unbekannte Gebiet dort draußen, stellen den Wagen in mir unbekannten Straßen vor fremden Häusern ab und gehen dort mit mir hinein in die mir vollkommen fremde Welt. Dann werden mir Kopfhörer aufgesetzt, und sie blicken erwartungsvoll, der Arzt eingeschlossen, in mein Gesicht und meine Augen, ob sich da irgendwelche Reaktionen zeigen. Der Arzt spricht irgend etwas in mein Ohr hinein, dann geht er plötzlich in die hinterste Ecke des Raums und spricht von dort. Oder er nimmt seine Lampe und leuchtet mir in die Ohren oder sonstwohin. Manchmal fährt er mit seiner Hand vor meinen Augen herum, um meine Reaktionen zu testen. Verschiedene Theorien werden über mich entwickelt, alle mit einer wachsenden Besorgnis vorgebracht. Einmal wird mein Nichtsprechen auf den mangelnden Augenkontakt geschoben, dann insgesamt auf motorische Störungen, dann werden lange entwicklungspsychologische Ausführungen gemacht. Woraufhin dann sicherlich meine Umgebung einige Zeit lang um so intensiver auf mich einredet und um so eindringlicher Blickkontakt zu mir herstellen will und um so häufiger auf Dinge zeigt und Worte wie *Auto* oder wenigstens *Brummbrumm* oder *Töfftöff* sagt, auf daß ich doch wenigstens ein einziges Wort herausbringe. Noch bis kurz vor der Zeit, als ich eigentlich hätte in den Kindergarten kommen sollen, konnte ich immer nur auf Dinge zeigen, wenn ich etwas gewollt habe. Sagen konnte ich es nicht. Die ganze Zeit soll ich immer nur *äh, äh* gemacht haben, wenn ich auf etwas deutete. Dieses wortlose Deuten zu einer Zeit, als alle meine Altersgenossen schon sprachen, muß meine Eltern nachhaltig verstört haben, und meine ganze Jugend über haben sie auf Familienfesten, wenn man bei Kaffee und Kuchen zusammensitzt und die Erinnerung in vergangene Zeiten und zum »Damals« schweift, gern das Geräusch nachgemacht, das ich damals ständig von mir gegeben haben soll. Sie stöhnten an der versammelten Kaffeetafel, um vorzumachen, wie ich damals gestöhnt habe. Auch fremden Besuchern stöhnten sie es vor. Es klang für meine Ohren stets, wie ich mir das Gestöhne in einer Irrenanstalt vorstellte und wie ich es später selbst manchmal von Irren gehört habe, immerfort ein dumpfes, langgezogenes *äh, äh*, das Stöhnen eines imbezilen, stumpf vor sich hin leidenden Menschen. Zumindest klang *ihr* Ton so, wenn sie es nachmachten, ob ich, das Original, wirklich so geklungen habe, kann ich natürlich nicht sagen.

Als kleines Kind wurde ich bisweilen einem anderen Gleichaltrigen gegenübergestellt in der Hoffnung, ich würde mit diesem endlich einmal *kommunizieren* und *interagieren*. Das konnte im Haus im Mühlweg geschehen, oder ich wurde in ein anderes Haus gebracht, um dem Gleichaltrigen gegenübergestellt zu werden. Es konnte sich um einen Cousin handeln oder um ein Kind aus der Nachbarschaft. Während man uns einander zuführte, wurden Sätze gesprochen (mit dem Versuch, Blickkontakt herzustellen) wie folgende: Und gell, nun spielt schön miteinander, das ist der Udo, das ist der Andreas, guckt mal, das sind die Spielsachen vom Udo, der Andreas hat heute seine Spielsachen nicht mitgebracht, so, wir lassen euch jetzt mal schön miteinander spielen, Udo, sag doch mal Hallo zu deinem Freund und Spielkameraden Andreas! Udo, erwartungsvoll: Lallo. Ich sehe geradezu vor mir, wie dieser Udo oder Lallo dasteht und mir gespannt ins Gesicht blickt, nicht unbedingt in die Augen, vielleicht ein wenig daneben, und wie er, weil er das inzwischen so gelernt hat in den *Interaktionen* mit anderen, auf eine Antwort für sein Hallo-Lallo wartet, weil das für ihn eine Art Beweis für normales Verhalten ist. Ich kann zwar inzwischen sprechen, antworte aber nicht. Das verstört ihn. Als nächstes macht er nicht noch einmal einen Vorstellungs- oder Begrüßungslaut, sondern sagt vielleicht ein Wort für »Spielen«, auf das ich auch nicht reagiere, vielmehr stehe ich ihm bloß gegenüber und will weder etwas von ihm noch von irgendwem sonst (außer natürlich, daß das alles hier möglichst gar nicht geschehe). Als nächstes legt mir Lallo-Udo seine Hand auf die Brust, weil er sich irgendwie vergewissern will, ob da, trotz fehlender Antwort, tatsächlich etwas ist (ich). Nicht lange dauert es, da hat er bereits seine Hand in meinem Gesicht und drückt herum und tatscht und versucht mich umzuschmeißen, als wäre das der nächste logische Schritt. Am Ende seines Kommunikationsversuchs haut er einfach auf mich ein, und ich kriege es ab und habe wieder nicht kommuniziert und interagiert, und am Ende waren vermutlich zumindest meine Familienangehörigen unglücklich darüber, daß ich nicht zurückgeschubst und zurückgestoßen und zurückgelallt oder diesen Udo oder wen auch immer einfach niedergestreckt habe, weil das der von ihnen erhofften Kontaktaufnahme zu anderen wenigstens irgendwie nahegekommen wäre.

Noch am meisten hatte ich mit meinen Geschwistern zu tun, wobei es etwas grundlegend Verschiedenes war, ob ich an meine Schwester geriet, die drei Jahre älter als ich war, oder an meinen Bruder, den ältesten von uns. Meine Schwester lächelte stets, wenn sie mit jemandem sprach, aber es empfahl sich nicht, mit ihr allein im Haus zu sein, vor allem nicht für mich als kleines Kind. Eine exemplarische Szene (sie ist mir in verschiedenen Varianten erzählt worden, ich kann sie mir gut ausmalen): Ich laufe durch das Foyer, da kommt meine Schwester aus einem Zimmer heraus und knipst das Kellerlicht an. Irgendwie bringt sie mich dazu, in den Keller hinunterzusteigen, obgleich ich dafür eigentlich zu klein bin und mir jede Stufe noch sehr schwerfällt. Keine Ahnung, ob ich bis dahin überhaupt schon einmal im Keller gewesen war. Ich steige hinab und bin währenddessen vermutlich von Panik wie betäubt und komme mir vor wie auf der größten und schrecklichsten Entdeckungsreise meines Lebens, angeleitet von meiner Schwester. Offenbar hatte meine Schwester den Zeitpunkt genau abgepaßt: Mein Vater ist bei der Arbeit, meine Mutter macht gerade ihren Mittagsschlaf, und mein Bruder ist noch in der Schule. Meine Schwester hatte das ausgesprochene Talent, alle, auch mich, um den Finger zu wickeln, und man sah ihr nie an, was sie gerade im Sinn hatte. Möglicherweise hat sie mich mit irgend etwas gelockt, das dort unten im Keller zu finden sei, oder vielleicht hat sie mir auch einfach nur gesagt, los, wir gehen jetzt in den Keller, und ich bin der Anweisung gefolgt, wie ich Anweisungen immer folgte, denn im Regelfall waren die Anweisungen ja zu meinem Besten, zumindest solange sie von meinen Eltern kamen. Meine Mutter hätte, wenn sie mich auf der Treppe gesehen hätte, natürlich vor Angst um mich geschrien, denn ich hätte jederzeit die Treppe hinunterstürzen können. Was man als knapp dreijähriges Kind auf einem solchen Weg nach unten denkt, das heißt, was in meinem Kinderkopf vor sich ging, weiß ich nicht. Vielleicht spürte ich etwas von einer Regelüberschreitung? Freude wird mir das nicht gemacht haben, denn ich hatte vor Regelüberschreitungen als Kind eher Angst, sie bereiteten mir auch keinerlei Lust. Angst könnte mich erfüllt haben ebenso wie die Ahnung, etwas zu tun, was vielleicht nie mehr wiedergutzumachen sein wird. Oder ich dachte so etwas wie: Jetzt steige ich in den Keller hinunter, wer weiß, was da unten ist, und dann komme ich nie mehr wieder heraus aus dem Keller und muß immer dort unten bleiben, weil mich nie mehr jemand finden wird. Wahrscheinlich aber dachte ich in dem Alter noch gar nichts, sondern fühlte all das mehr, als daß es in Worten geschah. Die Reise in den Keller, in den Abgrund, ins Dunkle, mit der Schwester als Psychopompos, und was würde da unten geschehen, und wäre dann noch die Schwester dabei? Ich allein mit der Schwester im Keller. Vielleicht hat mich das getröstet: immerhin die Schwester dabeizuhaben. Sie, die mich verführte, zugleich als die Retterin. Sie war ja bedeutend älter als ich und für mich eigentlich eine Riesin und von den Erwachsenen kaum zu unterscheiden. Sie geht allein aus dem Haus auf die Straße, sie fährt Fahrrad, sie hat Freundinnen, sie spricht mit lauter Stimme, sie gerät in Streit mit den anderen, sie schlägt zu, sie schreit vor Zorn. Sie verteidigt ihr Revier. Bereits ein ganzer, kompletter Mensch. Ich stelle mir vor, daß für meine Schwester von ihren Anschlägen eine Art Erregung ausging, wie bei einem gefährlichen Spiel, wie bei etwas Unerlaubtem, eine Erregung, die ihren Körper anspannte und ihr eine große Lust verschaffte. Eine Lust, die auf einen Höhepunkt zustrebt, und die Zeit bis zum Höhepunkt, bei dem sich alles entlädt, ist die Zeit der Spannung, die Zeit der Vorfreude. Nur sie weiß, was gleich geschehen wird, das Opfer aber noch nicht. Das Opfer muß erst in Sicherheit gewiegt werden, es darf vorher nichts ahnen. So steigen wir gemeinsam in den Keller hinab, ich auf meiner großen, schrecklichen Exkursion ins Unbekannte, und sie lächelnd und wissend, was gleich kommen wird. Es endete auf der untersten Stufe. Worauf sich meine Schwester die ganze Zeit gefreut hatte, war: Auf der letzten Stufe den Lichtschalter zu betätigen, um das Licht auszumachen, und mir währenddessen einen Stoß zu versetzen, damit ich die letzte Stufe hinunterfliege und auf den Boden klatsche und dort in der Dunkelheit liege, während sie selbst schon im nächsten Augenblick die Treppe hochgerannt ist, ihre Jacke von der Garderobe nimmt und zu einer ihrer Freundinnen verschwindet. Natürlich muß das am Nachmittag oder beim Abendessen, als die Schwester zurückkam, mit einem regelrechten Prozeß gegen sie geendet haben. Für mich endete es vorläufig so, daß ich geschrien haben soll wie am Spieß, bis meine Mutter oder sonst jemand in den Keller kam und mich rettete.

Mit drei Jahren wurde ich in den Kindergarten gebracht, und damit setzen meine Erinnerungen an mich, meine Familie und das Haus eigentlich erst ein. Es ist der erste wirklich datierbare Tag meiner Zeitrechnung. Es war ein sehr heller, sonniger Tag, manche Bilder habe ich scharf und genau im Kopf. Auch von der Geschichte meines Kindergartentages wurde in der Familie später oft berichtet, er verlief für sie einigermaßen spektakulär. Ich weiß, daß ich vorher bereits öfter im Auto meiner Mutter gesessen hatte, wenn meine Schwester zum Kindergarten gebracht oder mittags von dort wieder abgeholt wurde. Dann sah ich in den Garten des Kindergartens hinein und erblickte dort die Kinder, wie sie herumtollten und herumschrien. Ich hatte so etwas noch nicht gesehen. Ich soll schockiert gewesen sein, wie schnell dort alles vonstatten ging, wie sie herumliefen, von da nach da, wie sie sich mischten und wieder trennten, und es war wohl sehr laut und schrill, wie sie durcheinanderbrüllten. Aus irgendwelchen Gründen mußte mir klargewesen sein, daß auch ich irgendwann genau dorthin gebracht werden sollte. Ich erinnere mich deutlich, daß ich bereits einige Tage vor meinem ersten Kindergartenbesuch in kindlicher Unruhe war (wie diese Unruhe sich geäußert hat, kann ich nicht mehr sagen, meine Erinnerung vermengt sich mit den späteren, rückblickenden Vergegenwärtigungen dieses Gefühls). Die Unruhe mußte daher stammen, daß meine Eltern, insbesondere meine Mutter, mir Vorfreude auf den Kindergartenbesuch vermitteln wollten und daher Sätze sagten wie: In drei Tagen ist es soweit, in zwei Tagen ist es soweit, morgen ist es soweit, dann darfst du endlich in den Kindergarten. Vermutlich ahnten sie, wie schief das gehen würde, deshalb versuchten sie mir lieber schon vorbeugend zu suggerieren, wie schön das werde, ich im Kindergarten. Die Schwester ging übrigens sehr gern in den Kindergarten und wollte auch nach der Schließung am Mittag stets gern mit den anderen Kindern zusammenbleiben. Sie hatte sich im Kindergarten ihren ersten Freundeskreis erworben. Wenn wir sie morgens zum Kindergarten brachten, rannte sie vom Auto gleich los, um bei ihren Freundinnen zu sein. Ich aber hatte schon Tage vor dem Kindergarten Angst. Ich erinnere mich an die Autofahrt und wie ich mit meiner Mutter den Gang über den Kindergartenhof machte, an ihrer Hand, und wie ich in einer Art Glasvorbau an eine Kindergärtnerin übergeben wurde, links ein heller Holztisch und bunte, kleine Stühle. Wir stehen im Vorraum, und hinter dem Vorbau öffnet sich ein größerer Saal, in den ich hineinblicken kann. Dort sind sie, die Kinder. Und dann passiert, was in meinem ganzen Leben noch nie geschehen und für mich ganz unvorstellbar war und mein Leben und alles, was mich betrifft, auf einen Schlag änderte und mehr oder minder genau in den Zustand versetzte, in dem es bis heute ist. Es passiert in dem Augenblick, da ich an der Hand meiner Mutter im Vorbau des Kindergartes stehe und gerade übergeben werde. Ich halte die Hand meiner Mutter fest, weil ich von diesem Ort wieder weg möchte, und meine Mutter macht meine Hand von der ihren los, um mich dort allein zurückzulassen. Es setzt sofort eine

Betäubung ein. Und dann sehe ich sie, wie sie von mir weggeht, den Gang zurückläuft und schließlich hinter der Mauer verschwindet. Ich war zum ersten Mal allein. Oder anders gesagt: Ich war zum ersten Mal unter Menschen. Unter Menschen und allein.

In den nächsten Stunden habe ich entweder die ganze Zeit geheult, oder ich saß apathisch herum und staunte die anderen bei ihrem Tun an. Ich habe vor allem noch den Eindruck von Gerüchen und sehr bunter Kleidung. Sie waren schnell, und sie handelten nach Gesetzen, die mir völlig verschlossen blieben. Diese Kinder waren eine Gruppe, die erste meines Lebens. Diese Gruppe funktionierte nach Regeln, die ich nicht kannte und eigentlich bis heute nicht kenne. Vor meinen Augen verwandelten sich die Kinder in Handlungsautomaten. Sie schlugen sich, sie bissen sich, sie *kommunizierten* miteinander, sie taten irgend etwas miteinander, und vor allem: Sie konnten es. Sie konnten es, indem sie es einfach taten. Zum Beispiel schlug der eine dem anderen ins Gesicht, dann heulte der Geschlagene, und drei Minuten später machten sie wieder etwas zusammen, sagen wir, mit Bauklötzen. Überall fühlte ich etwas Unechtes im Raum, im Bezug der Kinder zu den anderen Kindern ebenso wie in ihrem Bezug zur Aufsichtsperson, sie folgten der unechten Aufsichtsperson trotz deren Unechtheit, und ihr Folgen war auch unecht. Die Kinder schienen an all das bereits völlig gewöhnt, oder es kam sogar durch sie selbst. Ich habe auch zwischen der Kindergärtnerin und den Kindern keinen Unterschied gesehen, der einzige Unterschied, den ich gesehen habe, war der zwischen mir und allen anderen im Raum. Ob die anderen Kinder auf mich einschlugen, weiß ich nicht mehr. Ich habe eine vage Erinnerung daran, daß ich den anderen Kindern vorgestellt wurde, und es war da dieses Gefühl, daß die Kindergärtnerin, indem sie von *dem Andreas* sprach, *der jetzt zu uns dazugehört und bei uns mitspielt*, gar nicht von mir sprach, sondern von etwas anderem, das mit mir nichts zu hatte, aber für alle da draußen deckungsgleich mit mir war und nun in ihrer Verfügungsgewalt stand, wodurch ich in Panik geriet. Als würde ich in eine fremde Haut und ein fremdes Wesen hineingesteckt, das mir seine Bewegungen aufzwingt und mich immer kleiner werden läßt. Es war wie bei einem Schmerz, der einen überfordert und den Verstand verlieren läßt. Man will nur erlöst werden und hat keinen anderen Gedanken und besteht nur noch aus diesem einen Gedanken, man klagt und zittert und bibbert und ist insgesamt äußerst bemitleidenswert.

Im Kindergarten fand mich natürlich niemand bemitleidenswert. Mit der Zeit würde das alles besser werden, und der Andreas würde sich schon eingewöhnen, es fällt ja vielen Kindern nicht leicht am

Anfang *et cetera*. Hätte man mir mit großer Wucht einen Knüppel ins Gesicht geschlagen, wäre ich wenigstens bewußtlos geworden. Schlimmer hätte das nicht sein können. Ob man mich an diesem Tag vorzeitig aus dem Kindergarten wieder herausholte, weiß ich nicht, vielleicht ließen sie mich die ganzen langen Stunden dort. Wie sie mich abholten, empfingen, begrüßten, das weiß ich auch nicht mehr. Meine Mutter erzählte später oft, ich hätte längere Zeit kein Wort gesprochen und erst eine Weile später an diesem Tag wieder etwas gesagt, und zwar, daß ich unter das nächste Auto laufen würde, wenn sie mich noch einmal dorthin brächten. In der Tat brachten sie mich nicht mehr hin. Vielleicht hatten meine Eltern doch irgendwie einsehen können, daß ich unter einem Schock stand.

Unsere Küche war ein großer, leerer, heller Raum mit vielen Bäumen vor den Fenstern, die einigermaßen entfernt standen. Tagsüber herrschte angenehmes Licht in diesem Raum, da es von draußen hereinfiel, aber abends war das Licht grell und künstlich, und die Rolläden waren verschlossen. Dann saßen alle um einen Tisch, und über dem Tisch hing ein Kreuz mit einer dünnen Figur aus Holz daran, das Jesuskreuz. Unser Jesus blickte immer seitlich nach links zur Wand (heute hängt er in meinem Eßzimmer in der Uhlandstraße und schaut von seinem Kreuz zum Fenster hinaus auf die Straße und die vorbeifahrenden Autos dort). Abendessen war die schlimmste Zeit für mich. Ich wollte weg aus diesem Licht und allein sein irgendwo anders. Die Käsescheiben, farblos wie das seltsame Licht, lagen da wie eine Bedrohung, wie etwas Unüberwindliches, aber alle aßen sie. Vor allem überforderte mich die Zusammensetzung dieser im grellen Licht liegenden Tischrunde. Tagsüber, wenn von draußen der Himmel und die Bäume hereinkamen, befand ich mich gern an diesem Tisch, dann kamen und gingen die Menschen und wollten nichts Besonderes von mir, und es war auch nicht selten meine Urgroßmutter dabei. Tagsüber waren oft allerlei Menschen anwesend, die ich immer als dazugehörig empfand, etwa auch die Großmutter oder mein Onkel J., vielleicht unsere Putzfrau Eiler oder die Nähfrau Däschinger, vielleicht war das Tante Lenchen zu Besuch, oder die Gartenhilfe saß am Tisch, in den ersten Jahren kam auch hin und wieder ein Vorarbeiter der Steinwerkefirma zu uns, ich kann mich auch erinnern, daß Frau Rauch manchmal aus dem Büro herüberkam, die alte Mühle, die das Büro beherbergte, war ja in Sichtweite des neuen Hauses. Wenn Frau Rauch in unserem Haus war, rauchte sie nicht, geraucht wurde nur im Büro meines Vaters, das direkt an die Garage für die zwei Automobile angrenzte und von dem aus man die lange Einfahrt überblicken konnte. Dort stand in den siebziger Jahren noch ein Rollaschenbecher, auch Tabakwaren befanden sich in einem Kästchen auf dem Konferenztisch im hinteren Teil des ansonsten karg eingerichteten Büros. Die Zigaretten wurden Jahr für Jahr in der Buchhaltung als Büromaterialien angesetzt, in den achtziger Jahren verschwanden sie, in den neunziger Jahren rauchte schon niemand mehr in diesem Büro. In der Küche war ohnehin nie geraucht worden, und wenn Frau Rauch rauchen wollte, mußte sie auf die hintere Veranda treten, durch die Küchenausgangstür. Sie stand dann dort, wo vormals der Nutzgarten gewesen war, und schaute nun über Rhododendrenbüsche hinweg auf die Usa und die dahinterliegenden Linden.

Mit diesen wechselnden Besuchen, die nicht mich, sondern meine Mutter bzw. die Firmenchefin meinten, hatte ich keine Probleme, sie waren mir sogar angenehm, denn es ging ja nicht um mich. Aber allein schon durch die Anwesenheit meines Vaters, der tagsüber nicht da war und immer erst abends erschien, wurde etwas völlig anders, und auch die Anwesenheit der übrigen Familienmitglieder nahm ich dann ganz anders wahr. Alles stand plötzlich wie unter einem Zwang. Das Licht wurde angeschaltet, die Rolläden heruntergelassen, und irgend etwas schien die Luft aus dem Raum zu pumpen, so daß ich kaum mehr atmen konnte. Die anderen betraf das offenbar nicht. Sie konnten atmen.

Es gab eine feste Sitzordnung. Unter dem Kreuz saß mein Vater, der Rechtsanwalt, den ich vor kurzem hatte heimkommen hören (schon die halbe Stunde davor hatte ich diesen Moment bange erwartet, da ich wußte, es würde dann bald zu Abend gegessen werden), ihm gegenüber seine Gattin, die Firmenchefin, meine Mutter, und auf einer Bank an der Seite saßen die beiden Geschwister. Zuerst wurde gebetet, und schon das fiel mir unendlich schwer, das heißt, ich betete eigentlich gar nicht, sondern tat immer nur so. Einerseits fühlte ich, daß meine

Handlung, wenn ich die Hände faltete und nach unten schaute, unecht war, weil ich nichts außer nur der Pflicht, das jetzt tun zu müssen, damit verband. Andererseits hätte ich mich geschämt, hätte ich nicht die gleiche Bethaltung wie die anderen eingenommen. Noch schlimmer, als die Hände zu falten und unter sich zu schauen, war, das Gebet mitsprechen zu müssen, gemeinsam im Chor mit den anderen. *Komm, Herr Jesus, sei unser Gast, und segne, was du bescheret hast*, hervorgebracht in einer düsteren Monotonie, die mir jedesmal Schauer über den Rükken jagte. Ich tat zwar so, als spräche ich die Worte mit, bewegte aber bloß meine Lippen und fühlte mich verlogen und verloren dabei. Am schlimmsten war, daß ich mir dadurch selbst fremd wurde und mich fragte, wieso ich das eigentlich nicht könne, was doch alle anderen anscheinend ohne weiteres konnten: beten. Auch mein heute vollkommen areligiöser Bruder betete als Kind, meine Schwester sowieso. Es war ein Ritual und ihnen möglicherweise völlig gleichgültig, vielleicht konnten sie es ja deshalb. Ich konnte es weder am Abendessenstisch noch in der Kirche. Aber nicht nur ich wurde mir fremd dabei, auch die anderen wurden mir immer peinlich in dieser Situation. Einerseits fühlte ich mich, als hätte ich eine Behinderung, die das Beten, und sei es bloß aus Scham, verhindert, andererseits schämte ich mich aber auch für die anderen, weil sie beteten und das offenbar natürlich fanden, obgleich es mir völlig unnatürlich und geradezu monströs vorkam. Als gingen sie für diesen einen Moment ihrer Person verlustig. Schon bevor ich zum Abendessen hinabging, fühlte ich die Angst herankommen. Gleich mußt du wieder so tun, als würdest du beten, und haben sie nicht längst schon erkannt, daß du sie allesamt anlügst? Und daß du somit auch vor dem lieben Gott lügst? Daß du schwindelst und so nicht in den Himmel kommen wirst, sondern in die Hölle? Wie lange soll dieses Spiel noch weitergehen? Ich hätte das mir gegenüber natürlich nicht so klar ausdrücken können, aber ich fühlte doch, wie ich mich immer tiefer in meine eigene Schuld verstrickte und mich von allen anderen entfremdete, bei jedem Abendessen. Sie machten es richtig und lebten richtig und verstrickten sich nicht in Scham und Schwindelei. Mein Leben war dagegen eigentlich schon verwirkt und verloren, und die Strafe für meine Lüge (das war mein Grundgefühl) hatte mich bereits eingeholt: sie bestand in meiner völligen Hoffnungs- und Zukunftslosigkeit. Ich konnte nur noch als Todsünder weiterleben. Gott sei Dank währte dieser Zustand meistens nur für die Dauer des Abendbrots.

Nach dem Gebet wurde gegessen. All die Speisen auf dem Tisch, neben dem ausgepackten Käse auch die auf einen Teller gelegte Cervelatwurst oder die

Bierwurst, sahen in dem künstlichen Lichtschein aus, als seien sie ebenfalls künstlich und als habe man sie eigens ausgesucht, weil sie in ihrer Künstlichkeit am besten zu dem künstlichen Licht paßten. Angeleuchtet wie von einem Theaterscheinwerfer und dadurch besonders hervorgehoben. In den weißen Tassen (stapelbar) stand Abend für Abend roter Tee. Wieso nicht zu jeder anderen Zeit des Tages essen, wieso jetzt, wo in diesem fürchterlichen Licht diese Runde versammelt war, die sich ansonsten nie in dieser Zusammensetzung versammelte, und auch noch die Fenster verriegelt und die Rolläden geschlossen waren, so daß es kein Draußen mehr gab, sondern nur noch diese eine Welt in diesem Küchenraum?

Meine Schwester fiel beim Abendessen öfter dadurch auf, daß sie plötzlich laut aufschrie oder zu heulen begann oder ihr Käsebrot gegen die Wand warf. Hatte sie das Brot geworfen, schrie sie noch lauter, denn nun hatte sie ja kein Brot mehr, also mußte ihr ein neues Brot geschmiert werden und eine neue Scheibe Käse darauf gelegt werden. Entweder aß die Schwester am Tisch anschließend das Brot mit dem üblichen Appetit, oder sie warf es wieder gegen die Wand oder einen der Umsitzenden. Mein großer Bruder, fünf Jahre älter als ich, saß meist still und aß in sich hinein und schien die Vorgänge am Tisch bloß teilnahmslos zu betrachten.

Mein Bruder war offenbar nie von dem Wunsch beseelt, man möge das Licht ausmachen, diese scheußlichen Speisen wegschaffen und einen überhaupt lieber ganz allein lassen. Abendessen, die schlimmste Stunde des Tages, wenn sich die Familie versammelte und das gemeinsame Abendbrot einnahm, als sei es das Normalste von der Welt.

Schwierig waren auch die Sonntage. Nicht selten hatten wir Verwandtenbesuch aus Frankfurt, überdies bekamen die abendlichen Versammlungen am Küchentisch ein Geschwister: das waren die Versammlungen im Eßzimmer. Am Sonntag wurde das Mittagessen im Eßzimmer eingenommen, es sollte auf eine besonders festliche Weise mit allen Familienmitgliedern gespeist werden. Am Sonntag sollte eine besonders feierliche Speise zubereitet und der Tisch besonders festlich gedeckt und die Familie auf eine besonders zeremonielle Weise um diesen Tisch versammelt werden. An diesem Tag waren wertvollere Teller als wochentags gedeckt, feinere Gläser, besseres Besteck lag da, es stand eine Weinflasche auf dem Tisch (beim Abendessen stand höchstens eine Bierflasche auf dem Küchentisch), es gab Stoffservietten, und es kamen auch keine Käsescheiben auf den Tisch. An diesen Sonntagen mußte ich lange dort sitzen ... sitzen inmitten der Familie ... sollte mit meinen Cousins sprechen, mich mit ihnen unterhalten, irgendwie mit ihnen kommunizieren ...

Zwei Stunden vorher waren wir in der Kirche gewesen. Schon dort hatte ich sitzen müssen, in einer Bank. Alle saßen sonntags in diesen Bänken, und es war nicht möglich, aufzustehen. Ich mußte sitzen und die Worte dort vorn hören, und ich wurde wie immer von einer so quälenden, nervösen Unruhe befallen, als sei ich in einer Zelle gefangen und könne mich nicht bewegen, weil die Wände um mich herum so eng waren und eigentlich nicht viel weiter entfernt von mir als meine eigene Haut. Es war die Stunde des Herrn, und es war die Zeit meiner kompletten Hilflosigkeit, überall um mich herum Menschen, in sich ruhende und ihrer selbst gewisse und mit der Situation anscheinend völlig einverstandene Menschen, die zu alldem ohne weiteres fähig waren und die in ihrem mysteriösen, dumpfen Singsang Worte vor sich hin sprachen. Vorne stand jemand, der Woche für Woche, kam mir vor, dasselbe sagte, der immer wieder das gleiche wiederholte, der die Arme hob, sinken ließ, die Stimme hob, sinken ließ, der an ein Pult trat, dann wieder zurücktrat, sich setzte, und die Gemeinde folgte auf eine mir nicht weiter begreifliche Weise seinem Aufstehen und Niedersetzen. Alle um mich herum, die Familie und alle anderen, standen auf, setzten sich wieder, falteten die Hände, nahmen sie wieder auseinander und verfielen wieder in ihren Singsang. Alle machten mit, und jeder kannte das Programm und den Ablauf.

Es gab keine Ausnahme. Eigentlich war es wie in einer Armee beim Appell. Es war, als hätten alle, eigentlich die ganze Welt (überall, in jeder Stadt und in jedem Dorf um uns herum, waren gerade alle im Gottesdienst, glaubte ich), etwas verstanden oder als hätten sie eine ganz bestimmte Fähigkeit, nur ich nicht. Es war die Maximierung dessen, was ich beim allabendlichen Beten vor dem Essen am Küchentisch nicht verstand und nicht konnte. Vor allem verstand ich nicht, wieso es immer wieder geschehen mußte, immer wieder auf die gleiche Weise. Der Pfarrer sprach Sätze in einem völlig anderen Ton als alle anderen Sätze, die ich die Woche über hörte, ausgenommen die Gebete beim Abend- und dem sonntäglichen Mittagessen. Mein Bruder sprach seine Sätze völlig anders, die Nähfrau Däschinger ebenfalls, auch meine Mutter sprach mit den Firmenangestellten und auch mit Frau Rauch vollkommen anders, und mein Vater mit der Gartenhilfe ebenfalls. Der Pfarrer aber hob seine Stimme und sprach ins Leere. Nichts antwortete. Am seltsamsten war es, wenn er zu uns Kindern sprach. Manchmal wurden Kinder nach vorn geholt, die sprach er dann, wie sie vor ihm saßen und weinten oder nicht weinten, direkt an, aber eigentlich ohne sie anzusprechen, er sprach eigentlich immer nur durch sie hindurch, worauf die, die weinten und aus Angst schrien, nur noch mehr weinten und schrien, und die, die noch nicht geweint hatten, zu weinen anfingen, bis sie wieder entlassen wurden, dann waren sie gesegnet. Dort in der Kirche saß ich als Kind Woche für Woche. Irgendwann standen alle auf, auch der Vater und die Mutter, dann gingen sie zur Kommunion, und irgendwann kamen sie zurück mit einem anderen Gesichtsausdruck, der doch genau derselbe war wie vorher, das war verursacht durch die Kommunion, dann sprach der Pfarrer noch eine quälende Weile weiter, anschließend durften wir die Kirche endlich verlassen, aber nur, um uns vor der Kirche erneut zu versammeln. Dort traf man sich, stand zusammen, mußte sich begrüßen, und sie sprachen über mich, und ich stand dabei, und sie schauten mich an, und ich konnte nichts sagen ... sie schauten mich an ... ich merkte jedesmal die Befremdung meiner Eltern, sie begriffen nicht, wieso es mir so schwerfiel, mit den anderen Menschen zu sprechen ... und ich konnte mich wie immer dagegen nicht wehren und war wieder wie betäubt. Vielleicht war ich die Woche über nie unruhiger als auf dem Platz vor der Kirche Sonntag vormittags, aber niemand schien das zu bemerken. Meinen Eltern fiel lediglich auf, daß ich verschämt war und nichts Sinnvolles hervorbrachte, wenn jemand mit mir zu reden versuchte. Selbst die einfachsten Fragen, etwa, wie alt ich sei und wann ich in die Schule kommen würde, führten bei mir zu den bekannten Ausfallerscheinungen. Besonders meinem Vater war das oft peinlich, er hätte lieber einen lebensfrohen, munteren, freundlichen und kontaktfreudig gestimmten Sohn gehabt und nicht ein so ängstliches Stück Mensch. Endlich, nach einer Ewigkeit, stiegen alle in ihre Automobile und fuhren davon, einer nach dem anderen. Eben noch hatte es keinen einzigen freien Parkplatz mehr um die Kirche herum gegeben (wir selbst hatten vor Gottesdienstbeginn minutenlang danach suchen müssen), jetzt waren alle Trottoirs plötzlich wieder leer, die Kirchenversammlung hatte sich automobiltechnisch aufgelöst.

Anschließend Heimfahrt, Garage, Haus, Eßzimmer, sonntägliches Mittagessen; glücklicherweise waren auch meine Großmutter und mein Onkel J. regelmäßig zu Gast. Aber auch ihre Anwesenheit half dann nicht viel, alles lief dennoch genauso beschwert und grausam ab wie beim Abendessen, nur schien es auch ihnen nichts auszumachen. Die Speisen wurden von meiner Mutter hereingebracht, manchmal unter der Mithilfe meiner Großmutter. Dann standen die Speisen auf dem Tisch, aber es war, als liege ein Bann über ihnen, keiner rührte sie an, statt dessen kam es wieder zu einem Gebet, und als das Gebet vorüber war, lag immer noch ein Bann über den Speisen. Er wurde erst gelöst, als meine Mutter mit einem Löffel aus einer Schüssel die Beilagen, Kartoffeln oder Nudeln, zu verteilen begann oder mit einem Tranchiermesser, das sie in der Küche frisch geschärft hatte, den Braten anschnitt oder den Salat bzw. das Gemüse herumgab. Währenddessen wurden meine beiden Geschwister examiniert (ich war noch zu jung dafür). War die Großmutter väterlicherseits aus Frankfurt da, die Frau des Oberfinanzpräsidenten, wurden die Examina intensiviert. Die Großmutter aus Frankfurt war die Steigerung ihres Sohnes, meines Vaters. Dieser examinierte nur, indem er nach der Schule fragte, den dort erbrachten Leistungen und den dort zu erfüllenden Aufgaben, oder nach dem Kindergarten und der Art und Weise, wie dort der Kindergärtnerin entgegengetreten wurde. Diese Fragen waren übrigens weder mit einem besonders autoritären Gehabe noch einem absichtlich ausgeübten Druck verbunden, es schien vielmehr, als habe er keine anderen Themen und als fiele ihm ansonsten nichts weiter ein. Vielleicht hatte er es in seiner eigenen Familie nicht anders erlebt. War allerdings jene Großmutter da, wurden die Examina existentiell. Dann mußten Messer gereicht werden, Gabeln, indem die Kinder (Bruder, Schwester) die Messer bzw. Gabeln am Griff nehmen, die Zinken bzw. die Schneide auf den eigenen Körper richten und sie auf diese Weise der Großmutter und Frau des Oberfinanzpräsidenten geben sollten, was mein Bruder immer ohne eine Miene zu verziehen tat, meine Schwester freilich nicht. Diese war an so etwas nicht gewöhnt, vor allem nicht daran, eine Konkurrentin am eigenen Tisch zu haben, und zwar eine mit weitaus größeren Machtmitteln. Natürlich verweigerte die Schwester das Examen. Dann wurde sie aus dem Eßzimmer hinausgeführt, denn mein Vater wollte sich vor seiner Mutter nicht blamieren, die Kinder sollten gehorchen, man nannte es damals *hören*. Die Schwester *hörte* nicht. Niemand hat das Regiment meiner Frankfurter Großmutter je so zu spüren bekommen wie meine Schwester, und möglicherweise hat sie darauf einen Racheschwur getan für das ganze Leben. So saßen wir am Tisch und aßen. Zu mir war die Großmutter aus Frankfurt sehr freundlich, denn noch hatte ich ja nichts falsch gemacht und besaß immer noch den Kleinkinderbonus, allerdings fand sie es vollkommen unbegreiflich, wieso ich nicht in den Kindergarten ging.

Meine Geschwister reagierten unterschiedlich auf die Sonntagsbesuche. Mein Bruder verhielt sich still, aufmerksam und höflich. Er saß dabei, war weder unruhig noch gelangweilt oder unkonzentriert, und wenn man ihn ansprach, gab er sehr sachlich Antwort, so wie er überhaupt in allem meist sehr sachlich war. Vor allem war er immer vollkommen aufrichtig, sogar meinem Onkel J. gegenüber. Er redete niemandem nach dem Mund, und er gab auch nie die erstbesten Antworten, sondern interessierte sich für die Frage, dachte über sie nach und nahm den

Fragenden ernst, was regelmäßig zu absurden Situationen führte, weil die Besucher die meisten Fragen, die sie uns Kindern stellten, ja gar nicht ernst meinten. Andererseits neigte mein Bruder auch nicht zu kindlichem Dozieren. Er gierte auch nicht danach, unsere Besucher in den Keller in den Hobbyraum zu locken, um ihnen dort die inzwischen ins Riesenhafte angewachsene Modelleisenbahn zu zeigen, die im Bastelraum schon lange keinen Platz mehr hatte. Er führte sie nur hinab, wenn sie den Wunsch anmeldeten. Dann zeigte er ihnen verschiedene Manöver und Weichenstellungen und Streckenverläufe, übrigens ohne einen Anflug von Stolz, und erklärte sachlich die Funktionsweise der Bahn. Ich habe oft erlebt, daß mein Bruder nach solchen Kellerbesuchen unten blieb und die in das Wohnzimmer zurückgekehrten Besucher besorgt fragten, ob das denn normal sei, ob er denn nicht lieber etwas häufiger in den Sportverein zu den Gleichaltrigen gehen sollte. Ich glaube, die riesige Eisenbahn des elf- oder zwölfjährigen Jungen dort unten im Keller hatte sie einfach erschreckt.

Auch am Tisch verhielt sich mein Bruder nicht falsch. Er hantierte ordnungsgemäß mit dem Besteck und führte ohne weiteres Gespräche mit den Erwachsenen, die neben ihm saßen.

Meine Schwester verhielt sich ganz anders. Wenn es klingelte, dann schaute sie neugierig aus dem ersten Stock herunter und war auch bald schon an der Tür. Manchmal rief sie *Ich will selbst aufmachen, ich will selbst aufmachen!* Das beste Verhältnis hatte sie zu vollkommen fremden Menschen. Kamen die Großmutter oder der Onkel oder die Urgroßmutter, verließ sie enttäuscht die Tür und ging weg. Kam aber fremder Besuch, was sonntags auch geschehen konnte, dann blieb sie vom ersten Augenblick an dabei, und im Wohnzimmer setzte sie sich zu den Besuchern auf die Couch und am liebsten genau zwischen sie. Fremden wußte sie perfekt nach dem Mund zu reden, darin war sie mindestens so virtuos wie mein Bruder mit seinen technischen Fähigkeiten. Es war, als hätte man ihr von Anfang an einen Menschenkatalog mit allen Typen und Charakteren mitgegeben, und mit diesen Katalogeinträgen konnte sie jeden Menschen abgleichen und wußte sofort, wie am besten mit ihm umzugehen war. Sie begriff vom ersten Augenblick an ganz genau, wen sie vor sich hatte, das geschah natürlich nicht bewußt, sondern instinktiv. Vor allem war die Schwester begeistert von US-amerikanischem Besuch. Waren Amerikaner da, war sie aus dem Wohnzimmer nicht hinauszubringen. Sie lächelte und saß still da und schaute sie an mit großen Augen und hörte gebannt ihre Reden und ihren US-amerikanischen Sprechton und ihre Sprache und all die Worte darin. Besonders bei den jungen amerikanischen Offizieren wollte sie immer auf den Schoß. Die Amerikaner spielten Hoppe-Hoppe-Reiter mit ihr. Ging man dann zum Eßtisch, hatte die sieben- oder achtjährige Schwester einen Amerikaner an der Hand und ließ ihn nicht mehr los für den Rest des Besuchs. Schon mit fünf Jahren soll sie geschrien und geheult und um sich geschlagen haben, wenn man sie vom Schoß eines Amerikaners herunternahm oder der Betreffende das Haus verließ, um zu seiner Kaserne zurückzukehren. Ich habe keine Ahnung, worauf sie da reagierte. Hatten es ihr die Uniformen angetan, die amerikanische Sprache, die Abzeichen und Orden, überhaupt das militärische Wesen? Sie muß in frühen Kinderjahren schon verstanden haben, welches Verhältnis Deutsche und US-Soldaten zueinander hatten, wer der Privilegierte war bzw. der Sieger und wer nicht, wer Herr und wer Untertan. Das kann bei ihr natürlich nicht in Begriffen stattgefunden haben, sie war ja gerade einmal ein Grundschulkind. Aber sie roch all das vom ersten Augenblick an. Sie hatte dafür ein natürliches Talent, so wie ein Tier im Rudel genau weiß, welches das Alpha- und welches das Omega-Tier ist.

Wochentags konnte ich in den Jahren nach dem gescheiterten Kindergartenversuch eigentlich immer tun, was ich wollte. Nachmittags lief ich oft in den Keller hinab, um meinem Bruder bei seinen Tätigkeiten dort unten im Bastelraum zuzuschauen. Gegen zwei oder drei Uhr kam er von der Schule zurück, hängte seine Jacke auf, bekam das Essen hingestellt, ging dann in den Keller und betrat den ersten Raum rechter Hand. Dieser Raum war für mich der phantastischste im ganzen Haus, er war zugestellt mit den verschiedensten Dingen und Pflanzen, hatte ein großes Fenster und besaß eine Ausgangstür zum Treppenschacht. Das Licht kam von schräg oben von der Usa-Seite, durch die einbruchssichere, mit Eisendraht durchflochtene Scheibe aus trübem Glas konnte man verschwommen das Grün der Bäume und das Braun der Äste sowie einen Streifen des Himmels darüber sehen, was dem Zimmer eine urweltliche Atmosphäre gab. Der Raum wurde als eine Art Wintergarten genutzt, vor dem ersten Frost schleppte mein Vater mit seiner Gartenhilfe die schweren Kübelpflanzen aus dem Garten den Treppenschacht hinab, um sie vor der kalten

Temperatur zu schützen. Unter dem Fenster stand eine Bank, auf der mein Bruder saß, und vor ihm befand sich ein Tisch, der mit Zeitungen abgedeckt war. Auf dem Tisch wiederum fanden sich Klebstoff, Garn, Pinsel, Becher mit Wasser, Scheren, eine Feile, diverse kleine Farbtöpfe, Plastikteile, halbfertige Schiffe, Flieger, Bögen mit Militärzeichen, die man in Wasser ablösen und auf die Modelle heften konnte, auch Hakenkreuze, denn mein Bruder baute neben anderem auch nationalsozialistisches Gerät, ohne besonderes Augenmerk auf geschichtliche Zusammenhänge. Die Hakenkreuze im Keller waren die ersten, die ich in meinem Leben sah, allerdings gefiel mir das Abzeichen der Royal Air Force wesentlich besser. Auch die Saturn-Rakete entstand dort auf dem Tisch, ebenso wie das Raumschiff Enterprise. Ich schaute bewundernd und gebannt zu, wenn ich meinen Bruder dort unten besuchte. Er saß den ganzen Nachmittag am Tisch und schuf und erbaute, dauernd sah ich neue, komplizierte Dinge entstehen. Oder er baute an der Eisenbahn, damals noch seinem zweiten Modell, noch klein und nicht größer als die Tischplatte eines Beistelltischs, aber bereits von ihm selbst verkabelt und mit Signalen versehen. Es war für mich, als entstünde dort eine ganze Welt und als sei mein Bruder der Baumeister dieser Welt, wodurch er natürlich die faszinierendste Person in der Familie für mich war.

Wenn ich in seinem Raum war, stand ich stumm da. In dem Augenblick, da ich dieses Schaffen und Bauen betrachtete, war ich gebannt. Vor allem schien mir diese Tätigkeit viel wundersamer und schwieriger zu sein als alles, was ich sonst von meiner Familie kannte. Am wunderlichsten war dieser Kellerraum, wenn es Frühling wurde, mein Bruder die Tür und das Fenster aufsperrte, um die Dämpfe der Farben hinauszulassen, die Kübel und die Pflanzen aber noch nicht wieder hinaufgeräumt worden waren. Dann strömte Licht in den Raum, Insekten kamen hereingeflogen und -gekrochen, und der Raum füllte sich binnen kurzem mit den verschiedensten Formen von Leben, eine Spinne lief über die weiße Wand, erste Fliegen wurden hörbar, manchmal kam ein Wurm über die Schwelle, und durch das offene Fenster kroch eine Schnecke. Ganz gebannt war ich, wenn ein Schmetterling hereinkam, oder vielleicht auch zwei, und wenn sie dann um die Oleanderstöcke zogen und umherflatterten in einem gemeinsamen Tanz, in dem jede Bewegung des einen Falters auf die des anderen bezogen war, in einer schier unbegreiflichen, aber sichtbaren und für mich, das Kind, erspürbaren Logik. Jede Bewegung war wie das Selbstverständlichste von der Welt und mußte genau so sein und war doch immer überraschend und unerwartet. Im Kellerraum habe ich oft Schmetterlinge zwischen all den Farben und Dämpfen und Kübeln gesehen, zwischen den hakenkreuzbewehrten Leitwerken und Flügeln der Modelle meines Bruders, auch eine V2 stand dort unten, abschußbereit auf einer kleinen grünen Plastikplatte, die ein Stück frischen, grünen Rasen darstellte. Abschußbereit, als gelte es England noch einmal anzugreifen. Alle Einzelheiten in diesem Zimmer, von der Schnecke über die V2 bis hin zu den Farbdämpfen und den nun schon teils erblühenden Pflanzen, gehörten für mich zusammen, ich liebte diesen Raum. Mein Bruder war froh, wenn die Pflanzen schließlich hinaufgeräumt wurden, dann hatte er mehr Platz. Ich dagegen war traurig und vermißte sie und besuchte sie manchmal im Garten. Für mich gehörten sie eigentlich in den Keller.

Die übrigen Kellerräume, abgesehen vom großen Hobbyraum, waren vollkommen anders, düster und unwirtlich. In ihnen zeigte das Haus sein eigentliches, wenn auch verborgenes Gesicht. Auch mit diesen Räumen bin ich aufgewachsen.

Neben dem Bastelraum lag der Abstellraum, ein Raum mit einem ganz kleinen Fenster. Es war der Raum, in den mein Onkel J. immer hinablaufen mußte, wenn es Sonntag war und er Bier holen oder die Kisten aus der Garage im Keller abstellen sollte. Dort lagerten Werkzeuge und Gartengeräte in Eisenregalen, dort stand der Haustrunk, also die Bierkisten der Henninger Brauerei, dort war das Weinregal, und es gab auch bald bereits die erste Tiefkühltruhe, die dort im Halbdunkel herumstand. Als die Truhe kam, erzählte man zur Warnung Geschichten von kleinen Kindern wie mir, die in die Truhen fielen und starben. Kinder wie ich, hieß es, kletterten spaßeshalber hinein, dann fiel der Deckel zu, und man war rettungslos verloren und erfror. Kaum waren diese Kühltruhen in unsere bundesdeutschen Haushalte gekommen, mußten also gleich Kühltruhenhorrorgeschichten mitgeliefert werden, um die Kinder zu warnen wie vor dem bösen Mann, der die Kinder holt. Ich stellte mir vor, daß die eingefrorenen Kinder dann, zufällig zwischen das Gefriergut geraten und selbst zu einem solchen geworden, oben auf dem Eßtisch landeten, ohne daß es jemand bemerkte.

Einen Raum weiter der Wäscheraum. Auch er bekam kaum Tageslicht, die Decke schien hier höher als in den anderen Räumen zu sein, vielleicht wegen der Wäscheleinen, die in für mich unerreichbarer Höhe unter der Decke gespannt waren. Es war ein Raum wie aus einem Fritz-Lang-Stummfilm. Das spärliche Licht warf das Gittermuster des Fensters, das auf einen Lichtschacht ging, als Schatten an die Wände, ins Riesenhafte vergrößert, und an der gegenüberliegenden Wand stand ein Tisch, übergroß in seinen Ausmaßen und höher als jeder andere Tisch, den ich kannte. Das war der hölzerne Bügeltisch, an dem meine Mutter im Stehen arbeitete, darauf ein weißes Leinentuch wie von einem Gespenst. Der Raum war wie geschaffen dafür, um jemanden darin einzusperren und darben zu lassen. In einer Ecke stand eine elektrische Maschine mit einem roten Licht, die hauptsächlich aus einer Walze bestand und bedrohlich vor sich hin walzte, als wolle sie alles zerwalzen und am liebsten gleich mich oder wenigstens meine Hand und noch den Arm dazu. Mehrmals in der Woche saß eine Person, meistens meine Mutter, seltener Frau Eiler, auf einem Stuhl vor dieser Walze, ein mechanisches Surren erfüllte den Raum, und ich stand in der Tür und sah, wie meine Mutter oder unsere Putzfrau Handtücher, Tischtücher und Bettlaken in die Mangel hineinspannte. Neben der Maschine ein Korb, aus dem nahmen sie die Tücher oder Laken, dann spannten sie sie ein und legten sie anschließend zusammen, und nach jedem Zusammenlegen wurde noch einmal das ganze Wäschestück durchgemangelt. Anschließend hatten die zusammengelegten Laken und Tücher eine perfekte Form, waren völlig zusammengepreßt, nun tauglich dafür, oben in den Schränken verstaut zu werden, und würden die Spuren dieses Preßvorgangs noch deutlich zeigen, wenn sie später auf dem Eßzimmertisch lagen, an den Wandhaken hingen oder aufs Bett gezogen waren. So hatte es meine Mutter auf der Haushaltungsschule gelernt, und so sollte es auch Frau Eiler machen. Ich aber dachte immer bloß daran, wie es wäre, wenn meine Hand und mein Arm oder der meiner Mutter oder von Frau Eiler dort in die Walze hineingeriete. Manchmal stand ich vor dieser Maschine, wenn keiner an ihr saß und sie ausgeschaltet war. Dann war es, als sei der ganze Raum eigens um diese Maschine herum gebaut und nur wegen ihr da, der Mangel der Mutter. Alle zwei, drei Tage stieg meine Mutter in den Keller hinab, um zu mangeln. Man benützte ein riesiges Fußpedal, um das heiße Metall an die Walze zu pressen, während das Tuch sich um die Rolle wand, und währenddessen leuchtete der Einschaltknopf rot in den leeren Raum hinein. Stundenlang konnte sie dort unten bleiben. War ich allein in dem Raum, fiel mir vor allem die Stille auf, die mich wie immer am meisten berührte und mich in einen ganz eigenen Zustand versetzte, so daß ich lange in diesem Raum bleiben konnte, ohne mich auch nur im geringsten mit etwas anderem beschäftigen zu müssen als mit der Stille des Raums und seiner eigenartigen Einrichtung. Hin und wieder setzte ich mich aber doch an die Maschine, drückte auf den roten Knopf, der daraufhin zu leuchten begann, und sah die Maschine walzen. Oder ich drückte, im nicht angeschalteten Zustand (die Walze bewegte sich dann nicht, und die Metallschale wurde nicht heiß), das Fußpedal, schob meine Hand zwischen Metall und Walze und ließ vorsichtig das kalte Metall meine Hand gegen die Walze pressen, um zu ermessen, wie groß der Druck eigentlich sei. Ich habe das Pedal aber nie ganz losgelassen.

Ein paar Meter weiter fand sich ein noch seltsamerer Kellerraum. Man öffnete eine schwere, graue Metalltür und stand vor einer etwa einen Meter hohen Mauer, die unmittelbar hinter der Metalltür hochgezogen war. Fast der ganze Raum war ausgefüllt durch den riesigen Metalltank für das Heizöl. Dieser Tank war ebenfalls grau, reichte fast bis zur Decke und ließ nach allen Seiten zur Wand nur etwa einen halben Meter Platz. Ich habe nie jemanden diesen Raum betreten sehen, weder meinen Vater noch einen Monteur. Manchmal kletterte ich jedoch selbst über die Mauer. Die Dämpfe betäubten mich fast. Auf dem Tank sah man irgendwelche Instrumente emporragen, Ventile, verschiedene Meßanzeiger. Über allem lag der schwere Geruch des Öls, der von den anderen Etagen des Hauses komplett ferngehalten wurde.

Im nächsten Raum stand die eigentliche Heizungsanlage. Der Brenner war für mich so etwas wie eine Großindustrieanlage. Manchmal sah ich meinen Onkel dort unten stehen und alles aufmerksam mustern. Der ganze Apparat machte Geräusche, die sich jederzeit so anhörten, als könne gleich etwas explodieren und das Haus (und damit mich) auslöschen. Keiner in der Familie wußte, wie diese Maschine arbeitete, es mußten immer Heizungsspezialisten erscheinen, wenn etwas nicht funktionierte. Es fiel sowieso auf, daß bei allen Dingen, die wichtig waren, Spezialisten kommen mußten, sei es beim Kühlschrank, bei der Waschmaschine, bei der Spülmaschine oder bei der Heizungsanlage. Kaum fiel etwas davon aus, herrschte im Haus hektische Betriebsamkeit, es wurde telefoniert, dann wartete man auf den Spezialisten, und bis dahin ruhte alles und konnte nicht weitergehen. Für mich war die Heizungsanlage, versteckt dort unten im Keller im hintersten, entferntesten Raum, der immer abgeschlossen werden mußte, das bestgehütete Geheimnis des Hauses und zugleich dessen eigentlicher beherrschender Geist, wie es bei der Urgroßmutter der Ofen und der Herd in der Küche gewesen waren. Dort unten zu sein war, wie wenn man bei einer Theateraufführung nicht im Zuschauerraum sitzt, sondern den Arbeiten auf dem Schnürboden zuschaut. Die Aufführung wird durch den Schnürboden erst möglich, der Boden selbst soll aber unbedingt unsichtbar bleiben, um eine Illusion zu erschaffen, die Illusion einer geradezu vollkommenen Natürlichkeit, hinter der die Technik verschwindet. Eine Theaterillusion. Es waren die eigentlichen *postscaenica* unseres Lebens im Mühlweg, um ein

Wort von Lukrez zu verwenden. Aus dem Keller kam die Wäsche, aus dem Keller kam das tiefgefrorene Essen, aus dem Keller kam die Wärme, und aus dem Keller kam das heiße Wasser. Eigentlich diente, bis auf den Arbeits- und Bastelraum meines Bruders und den Hobbyraum, der ganze untere Bereich, fast ein ganzes Drittel des Hauses, der Versorgung der beiden anderen Etagen, wie das Servicemodul der Apollo-Raumkapsel, die mein Bruder baute, wie, um in seiner Sprache zu bleiben, die Jeffreysröhren des Raumschiffs Enterprise, oder wie die Stadtwerke großer Städte, die, ausgelagert, für sich genommen selbst eine Stadt bilden, aber aus dem Blickfeld genommen sind, während man in der Metropole in angenehmer Wärme beim Weißbier oder beim Beaujolais im Wirtshaus sitzt, wenn es draußen kalt ist, oder unter elektrischen Heizlampen im Freien rauchend den Glocken des Stephansdoms zuhört am Jahresende.

Auch oben in den Räumen gab es Dinge, die nicht sichtbar waren. Was man sah, waren die schweineschnauzenartigen Steckdosenlöcher in der Wand, in die wir allerlei Sachen hineinsteckten, um sie damit zum Leben zu erwecken, sei es die elektrische Kaffeemühle, sei es die Fönhaube, unter die sich meine Mutter eineinhalb Stunden setzte, mit Lockenwicklern im Haar und der Wetterauer Zeitung oder der Fernsehzeitschrift in der Hand. Allen schien das völlig natürlich, wie gesagt immer nur so lange, bis ein Spezialist kommen mußte. Die Heizkörper waren durch ein unsichtbares, weitläufiges Röhrensystem (alles immer hinter der Wand) mit den Anlagen im Keller verbunden. Der Heizkessel und der Brenner überragten mich um das Doppelte, man sah Schalter, Lampen, Anzeigen, was dahinter geschah, sah man der Anlage nicht an. Es waren auch keinerlei handwerkliche Arbeiten (wie bei meiner Großmutter, die früher die Kohlen aus dem Keller geholt hatte) nötig, um das Haus zu versorgen, alles geschah mittels dieser versteckten Leitungen, auch das Öl wurde vollautomatisch durch eine Leitung aus dem verbotenen Raum mit der Wand in den Kesselraum gepumpt. Die Lämpchen leuchteten bunt in die ölgeschwängerte Atmosphäre hinein, die Luft war noch stärker von Geruch erfüllt als der Bastelraum meines Bruders mit seinen Modellbaufarben. An den Fenstern waren wieder Gitter angebracht, man blickte durch Lichtschächte empor. Übrigens diente der Raum auch als Abstellraum, im Herbst wurden die Gartenmöbel, die Terrassenmöbel, die Balkonmöbel und die Hollywoodschaukel in ihn hineingeräumt. Wenn der Monteur von der Fachfirma kam und in den Keller hinabstieg, immer im Blaumann, dann hatte er für meine Mutter und meinen Vater eine ganz besondere Autorität, wie ansonsten vielleicht nur noch der Arzt. Nicht einmal der Pfarrer in der Kirche hatte noch eine solche Autorität. War der Arbeiter da, kam auch mein Onkel oft dazu und stand dabei, und wenn der Arbeiter ihm erklärte, was er an der Maschine machte, nahm mein Onkel die Worte des Arbeiters begierig auf, verstand aber überhaupt nichts. Und der seltsamste Augenblick im ganzen Jahr war, wenn draußen auf der Straße der Tanklastzug angefahren kam, große Schläuche durch den Garten geschleppt wurden, vorher unsichtbare Stutzen geöffnet wurden, alles miteinander verbunden wurde und dann das Haus sein Öl bekam und danach roch. Diese Stunde war immer wie ein Ausnahmezustand, sie hatte etwas geradezu Feierliches, das Haus war nun nicht mehr allein, sondern angeschlossen wie an eine Infusion, derer es von Zeit zu Zeit bedurfte. Anschließend war es, als habe sich das Haus erholt und neue Kraft geschöpft für eine weitere Zeit, bis wieder der Tanklastzug kommen würde, von dem es abhängig war seit seinem ersten Lebenstag.

Die Jubeljahre im Kinderzimmer meines Bruders geschahen so vorhersehbar wie die im alten Testament, nur fanden sie wesentlich häufiger statt. Wie im biblischen Israel einmal alle fünfzig Jahre die Verträge ausliefen und sämtliche Schulden getilgt wurden, damit alles neu beginnen konnte, so begann auch das Zimmer meines Bruders jedesmal neu, denn alles war zerstört. Es passierte meistens, wenn er nicht zu Hause war. Es konnte zum Beispiel dann geschehen, wenn die Mutter sich zum Mittagsschlaf hingelegt und die Rolläden heruntergelassen hatte, eingeschlafen war, nichts bemerken konnte und für niemanden zu erreichen war, denn sie hatte die Tür abgeschlossen, um nicht gestört zu werden. Die Posaunen von Jericho, die zum Jubeljahr bliesen, konnten nicht zu ihr durchdringen. Es war jedesmal ein Fest der Zerstörung. Manchmal sah ich selbst, wie die Schwester wartete, bis mein Bruder verschwunden und die Mutter beim Mittagsschlaf war, und wie sie dann ins Zimmer meines Bruders ging und bald leise krachende Geräusche zu hören waren. War die Mutter außer Haus, bliesen die Posaunen lauter zum Fest, und die Dinge verendeten mit lautem Krachen an der Wand, oder meine Schwester trat auf sie drauf, so daß sie laut zerbarsten, und auf die zerborstenen Teile noch einmal, damit diese in wiederum noch kleinere Teile zerbrachen, bis am Ende alles regelrecht zermahlen war, so daß kein Mensch auf der Welt mehr hätte Heil und Ordnung in die Dinge bringen können. Alles war Müll und Schrott. Manchmal schaute ich durch die halboffene Tür, hinter der es wütete. Dann sah ich die Schwester, wie sie auf einen Stuhl stieg, um nach den kunstvoll zu szenischen Mobiles verknüpften Flugzeug- oder Hubschraubermodellen zu haschen, die von der Decke hingen. Bald hatte sie eines der Modelle erwischt, riß es (und damit das ganze Mobile) von der Decke herunter und begann es anschließend zu zerstören, Teil für Teil und immer mit einer gewissen Sorgfalt. Sie lächelte dabei nicht, sondern arbeitete einfach vor sich hin. Sie konnte auch zum Buchregal übergehen und beginnen, einzelne Seiten aus Büchern herauszureißen, um sie mit ihren Kinderhänden zu zerfetzen. Erst wenn sie mich im Türspalt entdeckte, lächelte sie, dann nahm sie ein besonders großes, besonders kunstvoll und kompliziert gebautes Teil in die Hand, vielleicht das Modell eines großen Segelschiffs mit Takelage, in das mein Bruder wochenlange Arbeit gesteckt hatte, warf es zu Boden, während sie mich anschaute, und trat darauf ein, ohne den Blick von mir zu wenden. Dann hörte man unten den Schlüssel in der Tür oder wie das Garagentor geöffnet wurde, und meine Schwester stellte ihre Tätigkeit ein und schlich sich unauffällig aus dem Zimmer hinaus, wobei sie mir wie im Vertrauen zunickte, sich in ihr Zimmer begab oder nach unten lief, ein Jäckchen überstreifte und hinüber zur Nachbarstochter rannte, um mit dieser und anderen Freundinnen gemeinsam Barbie zu spielen.

Es konnte aber auch ganz anders vonstatten gehen. Manchmal, wenn mich die Schwester erblickte, während ich stumm ihrem Vernichtungskampf zuschaute, nahm sie irgendeinen Gegenstand in die Hand und begann damit auf mich einzudreschen. Ich erinnere mich, wie ich heulend Meter für Meter der Schlafzimmertür der Mutter näher kam, die Schwester an meinem Hals, die letzten Meter kriechend, denn sie saß auf meinem Rücken, und wie ich vor der verschlossenen Tür hinsank und gegen die Tür trommelte, während sie mir den Hals blutig kratzte.

Dann kam mein Bruder nach Hause, hängte unten seine Jacke auf, aß zu Mittag, und irgendwann nahm er seinen Schulranzen und ging nach oben, trat in die Tür seines Zimmers und blieb dort lange stehen. In den ersten Jahren muß der Schmerz sehr groß gewesen sein. Wenn damals irgend jemand unserer Schwester einen Gegenstand wegzunehmen versuchte, dann wälzte sie sich wie von Sinnen auf dem Boden, schlug mit ihren Fäusten gegen die

Wand, riß den Umstehenden an den Haaren und so weiter. Mein Bruder dagegen, dem sie alles zerstört hatte, stand nur stumm da und stellte seine Schultasche ab. Irgendwann muß er sich daran gewöhnt haben, den Schmerz ohne Tränen zu bestehen. Er stand in der Tür, seine Augen wurden groß und nachdenklich. Er war in diesen Augenblicken immer vollkommen allein mit sich auf der Welt, glaube ich. Verlassen von allem. Nach einer Weile betrat er das Zimmer, musterte die verstreuten Bruchstücke, hob das eine oder andere auf, wie um zu überprüfen, ob noch etwas zu retten sei, was natürlich nicht der Fall war. Wie man bei einem Verkehrsunfall noch im Augenblick, da man bereits über die Straße geschleudert wird, denkt, vielleicht sei alles nicht so schlimm und möglicherweise gar nichts passiert, so glaubte mein Bruder in diesen ersten Momenten vielleicht auch, er könne wieder zusammenfügen, was die Schwester auf so nachhaltige und endgültige Weise zerlegt hatte. Erst später begann er »aufzuräumen«, und auch da nahm er jedes Teil noch einmal aufmerksam in die Hand, wie um sich von ihm zu verabschieden, denn in jedem Teil steckte seine Arbeit, von der Bemalung und Chromierung bis hin zum Vertauen der Takelagen und so weiter. Dieses stille Aufräumen dauerte Stunden, während derer die Schwester bei ihren Freundinnen in der Nachbarschaft blieb.

Manchmal ging sie auch in das Zimmer des Bruders, um bloß einen einzelnen Gegenstand zu zerstören, aber das tat sie am liebsten gerade dann, wenn mein Bruder in seinem Zimmer war. Sie kam herein, sprach nichts und setzte sich auf die Bettkante, wo sie eine Weile sitzen blieb. Er saß am Schreibtisch und machte seine Hausaufgaben, oder er untersuchte gerade etwas mit dem Mikroskop, baute eine Dampfmaschine oder war anderweitig beschäftigt. Irgendwann fragte die Schwester interessiert, was er da mache. Dann erklärte er es ihr und ließ sie auch bereitwillig durch sein Mikroskop blicken, denn seit ihrem letzten Attentat hatte sie wie immer hoch und heilig Besserung gelobt. Aber dann wurde die Lust doch zu groß, und sie nahm das Mikroskop, schlug damit auf meinen Bruder ein oder warf es einfach zu Boden. Es konnte aber auch sein, daß sie bloß interessiert hineinblickte oder sich die Dampfmaschine erklären ließ, dann hinter den Rücken meines Bruders trat, ein Flugzeug in die Hand nahm und es zerbrach, oder ein Brett mit Büchern umkippte, um sofort hinauszurennen, immer mit ihrem konzentrierten, angespannten Ausdruck im Gesicht, über das dann doch der Hauch eines unkontrollierten Lächelns glitt.

Am meisten interessierte sie sich für neue Gegenstände anderer. Las mein Bruder ein Buch, wollte unsere Schwester dieses Buch auch haben und ließ so lange nicht davon ab, bis sie das Buch ebenfalls bekam, obgleich sie es dann gar nicht las. Entweder es wurde zum zweiten Mal gekauft, oder mein Bruder gab ihr das Buch, weil anders die Situation nicht zu lösen gewesen wäre, wie alle wußten. Ging mein Bruder zum Sportverein, mußte sie ebenfalls sofort in einen Sportverein, dann wurde ein Mitgliedsbeitrag für ein halbes Jahr überwiesen, sei es für Tennis, sei es für Eiskunstlauf, sei es für Reiten, dann ging sie zweimal hin, bekam bereits beim dritten Mal einen Wutanfall wegen des Entschlusses, in den Verein eingetreten zu sein und nun also dorthin zu müssen, dann ging sie nicht mehr hin bzw. wurde nicht mehr mit dem Automobil hingebracht. Als mein Bruder eine Gitarre bekam, mußte sofort eine zweite Gitarre angeschafft und noch nach Anmeldeschluß ein Platz in der Anfängergruppe der Musikschule Bad Nauheim gekauft werden, und die Eltern handelten immer wieder so, denn sie wußten, was passieren würde, wenn sie es nicht täten. Aber kaum war meine Schwester in der Gitarrengruppe, machte sie den Unterricht unmöglich und wollte schon zum zweiten Treffen nicht mehr hingebracht werden. Im späteren Verlauf dieser Kindheit wurden Staffeleien gekauft, Grundausrüstungen für verschiedenste Sportarten, Kameras für ein angestrebtes und nie praktiziertes Foto-Hobby, einmal sogar eine Geige, die heute in meinem Besitz ist, nachdem sie das Instrument am zweiten Tag fast zerstört hätte, woraufhin es zwei Jahrzehnte lang in einem Schrank vergessen wurde, was ihm nicht gutgetan hat, aber immerhin hat es überlebt.

Zu ihren Freundinnen hielt sie stets intensiven Kontakt, sie war oft außer Haus oder umgab sich im Haus im Mühlweg mit Gruppen von Mädchen, die in Heerscharen an mir vorbeizogen, während ich stumm dastand und ihnen zuschaute wie einer Erscheinung, als begegnete mir der Zug des Moses durch die Wüste mit der Feuersäule davor. Gern führte die Schwester diese Schar zum Kühlschrank und überhaupt in die Küche, dann wurden alle bewirtet, und anschließend blieb alles stehen und liegen, und der Zug zog weiter ins Wohnzimmer, um dort das Lager aufzuschlagen und den Fernseher einzuschalten oder kistenweise Spielzeug auszuschütten, das danach ebenfalls überall liegenblieb. Kam am Wochenende der Vater ins Wohnzimmer und fragte, wer das anschließend wegräume, blieb sie still, schaute ihn an und stieß dann mit beiden Händen eine große Kiste Spielzeug um, worauf alles polternd zu Boden fiel und der Vater das Zimmer wieder verließ. Vermutlich hatte er nur die Tagesschau sehen wollen. Später zog der Zug in die inzwischen wieder hergerichtete Küche zurück, um sie abermals zu verwüsten, und irgendwann war das Haus wieder leer, und ich blieb von alldem benommen zurück.

Am Wochenende (die Woche über war meine Schwester im Kindergarten bzw. später in der Schule) hatte ich immer Angst vor dieser Schar. Ich versteckte mich bereits im voraus, stand mit Herzklopfen da und horchte, ob erste Geräusche die Ankunft der Schar ankündigten. Nichts auf der Welt konnte verhindern, was dann passierte. Plötzlich ging die Tür auf, und das ganze Haus verwandelte sich in einen einzigen Tumult, sie rannten die Treppen hoch und runter, liefen in alle Zimmer hinein, rissen die Schränke auf, stießen Türen auf und zu, und manchmal suchten sie mich und wollten mich besichtigen oder irgend etwas mit mir machen. Die Mädchen schrien und tobten den ganzen Vormittag herum, und es gab eigentlich keinen Platz in diesem Haus, an den man hätte flüchten können. Die Schar hatte inzwischen auch die Wohnung der Urgroßmutter für sich entdeckt, insofern war auch diese Rückzugsmöglichkeit verschlossen. Wenn mein Bruder oder ich bei der Urgroßmutter waren, kam die Schwester unweigerlich auf den Gedanken, ihn oder mich mit ihrer Schar dort zu »besuchen«. Also rannten sie den Mühlweg entlang und unter der Eisenbahnbrücke hindurch den Berg aufwärts und zum Schluß noch die Treppen im Haus meiner Urgroßmutter empor, nachdem sie dort Sturm geklingelt hatten, um in Truppenstärke einzufallen.

Später (ich war noch nicht eingeschult) kam die

Zeit, als für meine Schwester der Hobbyraum im Keller zu einer Art Partyraum umfunktioniert wurde. Tische wurden hereingeräumt und an die Wände gestellt, irgendeine Lichtanlage wurde herbeigeschafft, ebenso eine Musikanlage. Es begann jedesmal mit einem Großaufwand in der Küche, dort mußte meine Mutter massenweise Nudel- oder sonstige Salate herstellen oder Beefsteaks für Hamburger braten, die man damals noch selbst machte, der Vater beschaffte Limonade und Karamalz aus Frankfurt, das war Henninger-Haustrunk, und dann wurden dort unten Geburtstagsfeiern oder andere Feste gefeiert. Es erschien immer der gesamte Zug meiner Schwester. Natürlich hielten sie sich nicht nur im Kellerraum auf (in dem sie dann auch übernachten wollten, um noch am nächsten Morgen und vielleicht noch den ganzen weiteren Tag im Haus zu sein), sondern besetzten quasi das ganze Haus und auch den Garten. Immerfort klingelte es, und meine Schwester rannte zur Haustür und öffnete dem nächsten Gast, der von seiner Mutter oder seinem Vater abgeliefert wurde. Wenn ich in mein Zimmer geflohen war, rannten sie vor meiner Zimmertür auf und ab, manchmal riefen sie auch nach mir, oder ich hörte Sätze wie: Ist da dein komischer Bruder drin? Mitunter klopften sie dann gegen meine Tür und rannten weg, so, wie andere Schellenkloppen spielen. Manchmal mußte der Party so etwas wie ein Picknick im Freien vorangehen, dann wurden Decken ausgebreitet, und die Mutter schleppte eine Unzahl von Nudelsalatschüsseln in den Garten, wo die Kinder ein einziges Schlachtfeld hinterließen. Manchmal mußte gezeltet werden, das fand dann ebenfalls bei uns im Garten statt, und aus den Zelten liefen sie alle paar Minuten ins Haus hinein und dort auf die Toilette oder sonstwohin. Alles mußte immer in möglichst großen Gruppen stattfinden, das war ganz wichtig. Die meisten kannten sich noch aus dem Kindergarten, danach war noch eine Anzahl neuer Schulbekanntschaften dazugekommen. Mit den wenigen Jungs, die dabei waren, hatten sie dort unten während ihrer Partys im Keller erste Abenteuer, die in einem flüchtigen Händchenhalten oder einer verhohlenen Küsserei bestanden, nur wenige Jahre nach ihren Doktorspielen, bei denen es bedeutend weiter gegangen war. Zum Küssen gingen sie Richtung Ölkeller. Ganz wichtig war bereits damals die Musik, schon die Zweit- oder Drittklässler hatten ihre Hörwünsche, die sie mit allen Mitteln gegen die anderen durchsetzen wollten. Ich habe noch in Erinnerung, daß den Kindern damals auf diesen Partys reihenweise schlecht wurde, vermutlich infolge der Kombination aus Cola und dem besagten Nudelsalat (mit Thomy-Mayonnaise), sie kamen reihenweise ins Erdgeschoß hochgelaufen, ihre jungen Körper waren die Torturen, die ihnen ihr eigener Wille bereits auflastete, noch nicht gewöhnt. In einigen Jahren würden sie auf Cola-Asbach und dergleichen umsteigen und dazu immer noch Nudelsalat essen, aber inzwischen mit Mofas zu ihren Partys fahren. Aber davon wußten sie damals noch nichts.

Vor allem ist mir, was die Gespielinnen meiner Schwester angeht, der Nachmittag in Erinnerung, an dem ich Mau-Mau lernen sollte. Das war noch lange vor der Partyzeit, ich habe keine Ahnung, wie alt ich damals war, ich muß noch ziemlich jung gewesen sein. Die Freundinnenschar war wieder einmal auf die übliche Weise ins Haus eingefallen und hatte mich wie auf Verabredung in den Hobbyraum hinunterzogen, den sie damals seit kurzer Zeit als Spielort für sich entdeckt hatten. Dort lag eine rote Matratze, auf der sie sich zu tummeln pflegten. Wir bringen dir jetzt etwas bei, sagten sie. So saß ich inmitten dieser kichernden und gackernden Gruppe von Mädchen, die mich alle anblickten, als hätten sie etwas Besonderes mit mir vor, um gleich darauf loszuprusten. Eines der Mädchen hielt einen Kartenstapel in der Hand. Sie taten geheimnisvoll und blickten sich immer wieder verschworen an. Dann verteilten sie die Karten und versteckten ihre Gesichter dahinter. Mir gaben sie auch Karten, aber ich verstand nicht, was man mit den Karten machen sollte. Ich betrachtete sie. Du bist an der Reihe, sagten die Mädchen. In meiner Hand hielt ich eine Karte mit einem flaumbärtigen Mann und großer Kappe. *Ein Bube!* riefen sie.

Nun folgt einer der eigenartigsten Augenblicke meiner frühen Kindheit, an den ich mich nicht nur genau erinnern kann, sondern ich kann sogar noch das Gefühl von damals zurückrufen – man hat es, wenn überhaupt, nur einmal in seinem Leben. Die Mädchen sagten mir nämlich, ich dürfe mir etwas wünschen. Ich fragte, wieso, was soll ich mir denn wünschen? Was kann ich mir denn wünschen? Die Mädchen lächelten mich an. Alles, was du willst, sagten sie und rückten näher. Alles, fragte ich und schaute jedes Mädchen an, und jedes Mädchen schaute mir lächelnd ins Gesicht. Ich glaubte tatsächlich, was sie sagten, mißverstand es aber vollkommen. Ich glaubte in diesem Moment nämlich an Zauberei. Es war der Augenblick, in dem die Fee auf einen zutritt oder zuschwebt, mit ihrem wunderschönen Gesicht, und einem sagt: Du hast einen Wunsch frei. Ich wußte aus den Märchen, was für eine schwere Last das bedeutet und wie man scheitern kann an einem Wunsch, vor allem dann, wenn man ihn zu schnell und zu unbedacht ausspricht. Du darfst dir alles wünschen, was du willst, sagten die Mädchen noch einmal, unter denen ich auf der Matratze saß, einige lagen auch einfach da und lächelten mich an und versteckten sich wie verschämt hinter ihren aufgefächerten Karten, kamen mir aber trotzdem immer näher und drückten sich mit ihren Leibern auf seltsame Weise gegen mich. Ich dachte in Windeseile nach, ich hätte ja niemals damit gerechnet, urplötzlich einen Wunsch freizuhaben und daß es das wirklich gibt. Ich ging in diesem Augenblick wie selbstverständlich davon aus, daß der Wunsch in dem Moment, da ich ihn äußere, in Erfüllung geht, einfach kraft Zauber und Magie und Übernatürlichkeit. Wieso hatte mir vorher noch nie jemand gesagt, daß es das auf der Welt wirklich gibt und nicht nur im Märchen? Wieso sagte es mir erst diese Gruppe junger Mädchen auf der Matratze im Keller, fern irgendwelcher Eltern, ohne Aufsicht, ohne Zeugen? Alles, was du willst, sagten sie. Ich war überrumpelt, konnte keinen klaren Gedanken fassen und geriet in Verwirrung. Immer länger währte der Moment des offengehaltenen Wunsches. Nun mach schon, sagten die Mädchen. Wünsch dir was!

Und dann äußerte ich meinen Wunsch, und er war wie jeder Wunsch, den man einer Fee sagt, wie in Panik hervorgebracht oder zumindest unbedacht und ohne daß der Wünschende seine Sinne vernünftig beieinander hat. Ich hatte mir binnen Sekunden auszumalen versucht, was ich gern hätte bzw. was geschehen möge kraft meines Wunsches, aber ich konnte keinen wirklichen Gedanken fassen. Ich wußte nur, daß mir ein unfaßbares Glück verheißen war, und zwar wahrscheinlich nur dieses einzige Mal, nämlich jetzt bei den Mädchen im Keller auf der roten Matratze, die mich inzwischen regelrecht eingekeilt hatten mit ihren Schenkeln. Und daß ich dieses einmalige Glück nicht vergeuden dürfe. Letzten Endes sagte ich das nächstbeste, was mir einfiel, und hätte ich nicht so etwas Seltsames gesagt, wäre mir die ganze Szene vielleicht gar nicht mehr in Erinnerung. Die Augen der sechs oder sieben Mädchen sind nun gespannt auf mich gerichtet, ganz nah an meinem Gesicht, und ich sage, ich wünsche mir eine Tasse.

In dem Augenblick, da ich das Wort *Tasse* aussprach, ärgerte ich mich über mich. Ich hatte das Wort nur gesagt, um zu sehen, ob der Wunsch auch wirklich in Erfüllung geht. Nun würde eine Tasse vor mir entstehen, ja, schön, das wäre ein Wunder und Magie und Zauberei, aber was wollte ich denn mit dieser Tasse? Wozu eine Tasse? Niemand, in keinem Märchen, das ich kannte, hätte sich jemals etwas so Dämliches und Absurdes gewünscht wie eine Tasse. Die hatten sich wenigstens eine Bratwurst gewünscht oder viel Gold, aber ausgerechnet eine Tasse? Ich hatte übrigens keinerlei besonderen Bezug zu Tassen. Wie ich auf den Gedanken an eine Tasse kam, ist mir bis heute rätselhaft.

Es entstand keine Tasse. Ich schaute vor mich hin. Keine Tasse da. Eigentlich hätte sie nun auf der roten Matratze vor mir stehen sollen oder vielleicht vor mir in der Luft schweben. Idiot, sagten die Mädchen. Schwachkopf. (Untereinander:) Er ist wirklich blöde. Er ist wirklich nicht ganz richtig im Kopf. Alle beendeten ihr Lächeln und zogen ihre Schenkel wieder von mir ab. Sie hatten etwas ganz anderes erwartet und waren nun enttäuscht. Bald saß ich allein auf der Matratze, und die Schar war weitergezogen, und ich hatte nicht Mau-Mau gelernt.

Als ich fünf oder sechs Jahre alt war, saß ich bereits regelmäßig im Bastelkeller und arbeitete vor mich hin. Ich hatte zu meinem Geburtstag einen Hubschrauber von meinem Bruder geschenkt bekommen, einen Bell UH-1D mit der Aufschrift *Luftwaffe*. Das ist jener Hubschraubertyp, der sich kollektiv ins bundesdeutsche Gedächtnis eingebrannt hat, weil er bei der gescheiterten Geiselbefreiung in Fürstenfeldbruck verwendet worden war, genau im Jahr meines fünften Geburtstags. Seit da begann ich mich selbst für Modelle zu interessieren. Meine Bastelbemühungen bekamen allerdings bald etwas Eigenartiges. Ich schuf immer ziemlich große, in sich geschlossene Gebilde, die viel Platz brauchten und meist von etwas Schützendem umgeben waren. Ich bastelte das Asterixdorf aus Schnittbögen und errichtete einen Palisadenzaun darum. Ich verfertigte ein Römerkastell, das an sich schon eine Wehranlage war, auch wenn die Römer darin sicherlich sehr bald von Asterix und Obelix verprügelt werden würden. Dennoch war es geradezu idyllisch, wie die Römer dort im Kastell in Wäschezubern ihre Wäsche wuschen oder in großen Kesseln ihren Getreidebrei kochten. Wenn ich einen Stuka baute, postierte ich zu seiner Verteidigung einige Wehrmachtsoldaten um seinen Stellplatz herum, ein Kradfahrer kam ebenfalls dazu, schließlich wurde es das Panoramabild eines fortifizierten Wüstencamps, montiert auf eine Styroporplatte, die ich mit dem Miniatursand bestreute, den mein Bruder für die Kieswege seiner Modelleisenbahnlandschaft verwendete. Natürlich wußte ich nicht, ob Rommel in der Wüste, von dem mein Onkel J. gern sprach und von dessen Feldzug ich mit meinem Stukapanorama wohl eine Art Detail nachstellen wollte, tatsächlich diesen Flugzeugtyp zur Verfügung gehabt hatte oder nicht. Hätte es unser Haus als Modellbausatz gegeben, hätte ich sicherlich auch das gebaut. Tage und Wochen konnte ich auf diese Weise im Bastelraum verbringen. Ich vergaß die Zeit. Im Grunde habe ich von den Jahren vor der Schule vor allem in Erinnerung, wie ich dort unten im kleinen Bastelraum saß, allein mit mir und aufgegangen in einer Tätigkeit, die mich völlig aufhob. Ich war aus der Familie ausgeklinkt und lebte so lautlos und zufrieden vor mich hin wie am Anfang bei meiner Urgroßmutter, als noch alles einfach und problemlos gewesen sein soll. Es war das wiedergefundene Paradies. Vor den Fenstern sah ich die Kinder draußen spielen und verstand nicht, was sie taten, aber es interessierte mich auch nicht, und ich beachtete sie nicht weiter. Sie wußten nichts von mir. Der Gedanke, daß ich doch einmal mit ihnen zusammenkommen würde, und zwar bei unserer gemeinsamen Einschulung (der meine Eltern mit Angst entgegensahen und auf die sie mich, anders als damals beim Kindergarten, gar nicht erst vorzubereiten versuchten), existierte für mich in dieser Zeit nicht. Es ging für mich keine Bedrohung von ihnen aus, etwa dergestalt, daß ich bei ihren Spielen hätte mitmachen und zu ihnen dazuzugehören sollen. Sie waren einfach nur da draußen und kümmerten mich nicht.

Mindestens ebensogern wie die Zeit im Bastelraum mochte ich die Nacht. Nicht nur wegen des Alleinseins, sondern auch, weil dann alles still war und eigentlich gar nichts mehr geschehen konnte. Durch das Fenster kam noch fernes Laternenlicht von draußen herein. Je länger ich meinen Kopf hin und her wiegte, desto heller und farbiger wurde es in meinen Augen. Am Anfang der Nacht waren es noch lebende, mir bekannte Personen, von meinem Verstand eingebildet, Erinnerungen an die Urgroßmutter, vielleicht ihr Gesicht, wie sie sich über mich beugt und zu mir in ihrem Wetterauer Dialekt spricht, aber dann erschuf mein Gehirn aus den eingebildeten Lichtreflexen unter meinen Augenlidern seine eigenen Figuren, lebendige Muster, von meiner Phantasie mit Leben begabte Wesen, die aber nur so etwas wie eine organische Reaktion meiner Augen auf die Dunkelheit waren. Sie waren grün, rot, gelb, blau, sie schillerten in allen Farben und hatten phantastische Formen, waren aber zugleich wie die Menschen meiner nächsten Umgebung. Traumgebilde, aber für das Kind eine höhere Form von Realität. Schon lange hatte ich eine Art von Freundschaft mit diesen Nachtfiguren geschlossen. Sie erzählten mir Geschichten und ich ihnen, aber sie konnten auch jedesmal durch meinen Wunsch in einen vorherigen, amorpheren Zustand zurückgleiten und wieder zu rein ornamentalen, seelenlosen, aber doch lebendig bewegten Figuren werden. Mit diesen Figuren in meinen Augen konnte ich mich beschäftigen wie mit Mustern, die man in einem Teich verursacht, indem man einen Stab hineintaucht und durch kreisende Bewegungen Höfe und andere Formen erzeugt. Bis heute kommt es mir vor, als habe damals mein Kopf begonnen, mir eine Geschichte zu erzählen, die Geschichte meiner Welt oder der Welt schlechthin. Vielleicht erzählten mir diese Geschichte auch meine Augen, meine Retina, vielleicht waren es meine überstrapazierten Nerven oder der liebe Gott, keine Ahnung. Vielleicht war es einfach die Welt, die mir die Welt erzählte. Seitdem ist mir immer dieser Gedanke geblieben, daß ich nach wie vor daliege und daß es noch immer damals ist, noch vor der Grundschulzeit und eigentlich noch zur Zeit meiner Urgroßmutter, und daß dennoch alles bereits da und komplett vorhanden ist bis zum heutigen Tag, da ich im Zimmer meines Onkels sitze und dieses schreibe, das Zimmer, das Haus und alles weitere, die ganze Ortsumgehung, während sie draußen *ihre* Ortsumgehung bauen und meine Herkunft und alles, wovon ich schreibe, Zug um Zug ins Einstmals planieren. Und daß ich in die mir kaum mehr vorstellbare Einfachheit und Einheitlichkeit der damaligen Welt meiner allerersten Jahre zurückkommen muß, um von dort aus alles weitere aufzubauen, das Haus, meine Kindheit darin, die Schulzeit, meine Familie, meine Umgebung, die anderen Menschen, auch das Draußen, den Ort um mich herum, die Wetterau, meine ganze Herkunft und schließlich die ganze Welt bis hin zum lieben Gott. Eine Einfachheit, die mein geburtsbehinderter Onkel J. zeit seines Lebens vielleicht nie verloren hatte.

DRAUSSEN

Es ist gegen sieben Uhr morgens, und ich warte auf das Geräusch des Weckers, von dem ich weiß, er wird gleich klingeln, aber solange er noch nicht geklingelt hat, ist noch nicht alles völlig zerstört und in Unordnung, sondern ich kann noch liegenbleiben und mir vorstellen, vielleicht sei inzwischen ja etwas passiert, vielleicht habe sogar der liebe Gott eingegriffen und die Zeit angehalten oder die Ordnung der Dinge geändert, so daß vielleicht noch nicht gleich der Wecker klingeln und meine Mutter ins Zimmer hineinkommen wird, damit ich das Bett verlasse, denn ich habe ab dem Klingeln und dem Erscheinen der Mutter noch genau eine Stunde Zeit, sechzig Minuten bzw. dreitausendsechshundert Sekunden, bevor die Schule beginnt.

In einer Stunde werde ich, Grundschüler, im Schulhof der Musterschule in Friedberg in der Wetterau stehen, in Reih und Glied, und auf den Einlaß ins Hauptgebäude und den im Erdgeschoß gelegenen Klassensaal der »a« warten.

Jetzt, wie ich noch im Bett liege und es noch nicht sieben Uhr ist und die Mutter noch nicht da ist, sehe ich bereits vor mir, wie es nachher auf dem Schulhof in den Minuten vor dem Einlaß sein wird. Es wird wie jeden Morgen sein. Ich laufe auf den Schulhof durch das große Tor, das jeden Morgen vom Hausmeister aufgesperrt wird, und dann liegt der Schulhof vor mir, auf dem sie herumrennen und herumschreien und herumtoben und sich gegenseitig die Ranzen von den Schultern ziehen und sich ins Gesicht schlagen oder gegen das Schienbein treten und im Gespräch sind und sich Dinge zeigen und sich unterhalten und zusammenfinden oder wieder auseinanderstreben.

Das Bild meiner Angst und aller meiner damaligen Tage, wie ein Gemälde von Brueghel liegt es vor mir, der Schulhof und die Schüler und die Lehrer und die Schule. Ich hatte erlebt, wie sie zuerst, am Tag der Einschulung, mit ihren Schultüten auf dem fremden Hof herumgestanden und gegrinst oder geweint und sich da bereits, am ersten Tag, in der ersten Stunde und schon in der ersten Minute, kennengelernt hatten, wie sie dann an ihre Schultische gesetzt wurden, ich unter sie, und wie sie begannen, sich in den Pausen ihre Milchtüten zu holen, wie sie ihre Brote auspackten, wie sie die ersten Schreibhefte bekamen, wie sie die Buntstifte in die Hand nahmen und mit riesigen, unförmigen Buchstaben zu schreiben begannen und wie sie, kaum ging es auf die Pause zu, aufsprangen und laut wurden und sich zusammenballten und sich abstießen, wie sie so seltsam schnell und laut und bunt und grimassierend wurden, wie sie binnen kürzester Zeit zu *kommunizieren* und zu *interagieren* begannen in jeder freien und unbeaufsichtigten Sekunde, als seien sie nicht einzelne Wesen, sondern als seien sie insgesamt ein Wesen, ein vielköpfiges, hundertarmiges, breit im ganzen Klassenraum und über dem ganzen Schulhof liegendes Schulwesen. Ich hatte erlebt, wie im Verlauf der Jahre sich bei den ersten Mißerfolge einstellten, wie sie ihre Mienen zu verziehen begannen, wie sie sich in Feindschaft gegen den einen oder anderen Lehrer oder gegen den einen oder anderen Schüler zusammenballten und dann auf den Schulhof zogen, um dort herumzurennen und Fußball mit kleinen grünen oder roten Plastikfläschchen zu spielen, jeden Tag, jede Stunde, das ganze Jahr über immer wieder, im Sommer, im Herbst, im Winter und im Frühling, und all das war meine Welt geworden, vor der ich selbst dann, wenn ich gar nicht in der Schule war, ständig Angst hatte, schon morgens im Bett.

Noch eine Stunde bis dahin.

Wenn ich oben am Eingang des Schulhofs stand, dachte ich, solange du stehenbleibst, ist noch nichts geschehen, wie zu Hause, wenn ich Geräusche am Hoftor hörte und dachte, solange sie nur am Hoftor und nicht an der Haustür sind, kann nichts geschehen, solange bist du noch bewahrt und gerettet und kannst es genau so lang noch aushalten. Und wirklich dachte ich jedesmal am Schuleingang, vielleicht wird noch ein letztes Mal alles wieder gut sein, und dann kann ich für immer hier oben am Tor stehenbleiben vor diesem Bild und muß nicht hinein, und die Zeit gibt es einfach nicht mehr und hebt sich auf und hört einfach auf zu sein. Und vielleicht kann ich ja dann alles vergessen und insbesondere meine Schultage und alle diese Menschen und Schulsäle um mich herum, und alles wird dann wieder klar und einfach und so, als habe es das nie gegeben. War vielleicht nur ein schlimmer Traum, eine Täuschung ... Aber in diesem Augenblick haut mir bereits A oder B auf die Schulter, ebenfalls den Schulhof betretend, und zieht mich entweder am Schlafittchen oder am Arm oder freundschaftlich untergehakt die ersten Meter auf den Schulhof und in die kreischende Schar der Schüler hinein. Links im Bild, nahe der Sporthalle, mache ich dann auch bereits den Zug meiner Schwester aus, dessen Mitglieder, zwei oder drei Jahre älter als ich, sich weit weg vom Eingang des Schulgebäudes aufgebaut haben, als seien sie quasi nur freiwillig hier, Unabhängigkeit gegen alles demonstrierend, und als hätten sie jederzeit die freie Wahl, sich gegen all das zu entscheiden, im Gegensatz zu mir. Sie taten so, als müßten sie nicht in den nächsten Minuten in die Schule hinein (sie mußten sich als Schülerinnen der höheren Klassen nicht mehr in Reih und Glied aufstellen), sondern als könnten sie sich, wenn sie nur wollten, sogar eine Zigarette auf dem Schulhof anzünden. Natürlich steckten sie sich noch keine Zigarette auf dem Pausenhof an, aber es gehörte schon für einige dazu, wenigstens ein Zigarettenpäckchen bei sich zu tragen, so daß man es hin und wieder zeigen konnte.

Ich lag im Bett und sah voraus, wie ich mich nachher rechts unten auf dem Pausenhof unter dem Vordach einfinden würde, um mich dort einzureihen. Wieder würde ich unter vierundzwanzig anderen sein, sie würden darum kämpfen, wer sich neben und hinter und vor wem aufstellen durfte, sie würden ihre Vorlieben vorziehen, und sie würden diejenigen, die sie nicht mochten, möglichst zu verstoßen und nach hinten zu drängen versuchen. Sie schafften innerhalb von zwanzig, dreißig Sekunden jeden Tag eine von Alpha bis Omega durchstrukturierte Ordnung, mit Knüffen und Schlägen und Händen und Worten. Innerhalb von zwanzig oder dreißig Sekunden definierten sie jeden Morgen, und sei es auch nur für den kurzen Augenblick des In-Reih-und-Glied-Stehens, ihre Ordnung von Grund auf, als kämen sie ohne eine solche Ordnung nicht aus und als wäre sie notwendig. Vielleicht wollte die Schulleitung es genau so und sah einen besonderen Sinn darin, als Einübung. Warum sonst hätte die

Schulleitung anordnen sollen, jeden Morgen Reih und Glied zu bilden?

Bevor ich mich in Reih und Glied stellte, ging ich oft nach links auf die andere Seite des Schulhofs und setzte mich auf eine Bank, die um den Schulbaum herumgebaut war, die sogenannte Schullinde. An der Schullinde saß vor Schulbeginn niemand, nur in den Pausen standen dort manchmal die Berufsschüler, um zu rauchen. Es waren nämlich auch Berufsschüler in der Schule untergebracht, sie hatten in den oberen Etagen Unterricht. Morgens jedoch saß ich dort allein und hatte den ganzen Schulhof im Blick. Leider aber hatte zugleich auch der ganze Schulhof *mich* im Blick. Kaum saß ich da, lösten sich einige aus der Schülermasse, nicht anders, als sich einige Jahre später die Angriffsraketen auf dem Computerbildschirm meines Bruders lösen sollten, um Nordamerika zu vernichten, und sausten auf mich zu. Da sitzt er wieder, riefen sie, da sitzt er wieder, der nicht dazugehört, weil er immer dort sitzt, und sie begannen eine Art von Tanz, nicht um mich herum, das wagten sie dann doch nicht, aber fünf Meter vor mir. Immer setzt er sich da hin, der nicht dazugehört, sangen und riefen sie und drehten mir eine Nase und verballhornten meinen Namen, und wenn ich aufstand, stoben sie davon. Anschließend, beim Klingeln, ging ich unter das Vordach und reihte mich ein, immer ganz hinten und meistens an der Hand eines Mädchens. Es kam mir vor, als würde ein finales Urteil über mich gesprochen, nicht wegen des Mädchens und weil ich mich auf dem letzten Platz anstellte (die Anwesenheit des Mädchens neben mir beruhigte mich eher), sondern vielmehr deshalb, weil sich mit mir der gesamte Lindwurm von Schülern in die Haupteingangstür hineinschob, um aufgefressen zu werden für den Rest des Vormittags beziehungsweise bis zur nächsten großen Pause.

Bis dahin hatte ich, im Bett liegend, also noch eine Stunde Zeit.

Ich sehe mich, untergegangen in dieser Klassengruppe, dem Klassenraum zustreben, Schritt für Schritt, und kaum hatten sie den Klassensaal betreten, rannten und schrien und tobten sie wieder los, so daß die Klassenlehrerin mitleidig zu mir blickte, weil sie um meinen Zustand wußte, aber auch sie konnte mich nicht erlösen aus alldem, auch sie konnte die Ordnung der Dinge, wie sie war, ja nicht ändern, so gern sie es vielleicht auch versucht hätte. Sie war die jüngste Lehrerin an der ganzen Schule, sie mochte mich sehr gern, und in den besten Momenten am Vormittag war es für mich so, als gäbe es nur sie und mich und sonst nichts um uns herum, als habe der liebe Gott die Ordnung der Dinge nun doch ein wenig geändert, wenn auch nur für einen Augenblick.

Noch bevor sie saßen, waren wiederum Rangstreitigkeiten und Abgrenzungsbemühungen und das Herstellen einer Art von Revierordnung das Thema, wie diese Dinge überhaupt den ganzen Tag das beherrschende Thema waren. Schon um acht Uhr morgens im Klassensaal befand sich ein Teil der Schüler wie in einem ewigen Krieg untereinander, allerdings, und das war mir noch unverständlicher, gab es in diesem Krieg auch immer wieder partielle Friedensparteien, Inseln des Friedens untereinander, die ihrerseits gleich wieder zu Waffenbrüderschaften wurden, gemeinsam geschlossen gegen andere, feindliche Waffenbrüderschaften. Man könnte sagen, man gab diese Schüler zusammen wie Materialien in einen chemischen Kolben, und das Gemisch begann sogleich zu reagieren. So, wie man einen wissenschaftlichen Versuch jederzeit wiederholen kann, indem man zwar nicht dieselben, aber doch die gleichen Ingredienzen in der gleichen Menge verwendet, so war es für mich auf dem Pausenhof und in den Klassensälen. Es war egal, wer da mit wem zusammengeschüttet wurde. In der Reaktion wurden sie zu etwas vollkommen Homomorphem aufgelöst, zu einer Gruppe. Man konnte sie zusammenschütten, dann gab es Dampf und ein Gebräu, und man konnte, wie bei einem physikalischen Versuch, das homomorphe Gemisch auch wieder scheiden wie mit einem Scheidewasser, das war die

Schulendeglocke. Erst mit dem Ende des Heimwegs, wenn die letzten Schulweg-Paare sich trennten und die letzten Heimwegrangeleien beendet waren, war das Gemisch endgültig und restlos geschieden, und am nächsten Morgen würde der ganze Vorgang wiederholt werden, *in infinitum*.

Jetzt sah ich im Bett die erste große Pause vor mir.

Während der Pause konnte ich mich immer nur an den Rand des Schulhofs zurückziehen. Am Rand freilich standen die Berufsschüler herum, und die hatten es auf mich abgesehen. Sie waren älter und wußten, wie ich heiße, aus welchem Haus ich stamme, sie kannten die parteipolitische Zugehörigkeit meiner Familie und schmierten sie manchmal zur Wahlkampfzeit mit einem Schimpfwort versehen in riesigen Lettern auf den unteren Schulhof, besonders in der Wahlkampfzeit wurde ich hin und wieder von ihnen verprügelt. Deshalb hielt ich mich möglichst in der Nähe eines Aufsichtslehrers auf. Aber kaum stand ich in der Nähe des Aufsichtslehrers, wo mir von seiten der Berufsschüler nichts passieren konnte, kamen meine Altersgenossen und begannen wieder ihre Hänselei: Nun steht er wieder bei der Aufsicht und gehört nicht dazu, weil er bei der Aufsicht steht. Und die Aufsicht sagte mir, dem Kind, ich möge doch zu meinen Schulkameraden gehen und ein bißchen mit ihnen spielen, das mache doch Spaß, das mache doch jeder. Andreas, bewege dich doch ein bißchen, tolle doch etwas herum, sagte sie. Die Klassenlehrerin sagte so etwas nie. Sie sagte, wenn sie Aufsicht führte, einfach nur: Bleib in meiner Nähe. Und ich blieb in ihrer Nähe, was natürlich zu weiteren Hänseleien führte, weil ich nunmehr für sie in die Lehrerin verliebt war, und die baldige Verheiratung wurde herbeigeredet und herbeigesungen mit den geläufigen Reimgesängen, unter anderem dem vom verliebten Ehepaar. So irrte ich vom Schulhofrand und den rauchenden, Cowboystiefel tragenden und Kaugummi kauenden Berufsschülern zur Pausenaufsicht, die mich zu Spiel und Spaß ermunterte, und von da weiter die Treppen hinab in den unteren Schulhof, als könnte das helfen. Jeden Tag war ich wie ein aus der Bahn geworfener Satellit auf dem Schulhof, und alle anderen schienen ihre festen Umlaufbahnen zu haben. Manchmal suchte ich Hilfe, indem ich durch das Tor des unteren Schulhofs auf die Straße hinauszutreten versuchte, um mich dort von einem Automobil überfahren zu lassen. Aber auch dort stand immer eine Aufsicht und achtete streng darauf, daß keines der Kinder das Schulgelände verließ.

Nun gab es noch zwei Möglichkeiten. Ich konnte hinauf und zum Hausmeister gehen und dort um eine Milch oder einen Kakao anstehen. Mit einer Milch oder einem Kakao in der Hand ließ es sich besser allein auf dem Schulhof herumstehen, denn natürlich fühlte ich mich unsäglich peinlich und als der eigentliche komplette Schulhofversager, weil ich immer so allein herumstand. Alle konnten dort auf dem Schulhof alles, ich nichts. Mitspielen konnte ich nicht, mitrennen konnte ich nicht, mitsprechen konnte ich nicht. Nicht, daß ich es nicht öfter versucht hätte. Manchmal luden mich meine Mitschüler sogar dazu ein. Aber es ging nicht, irgend etwas daran war unecht. Vielleicht hätte ich einem einzelnen gegenüberstehen und mit diesem reden können, abseits und am Rand, vielleicht wäre das sogar sehr gut gegangen, aber dafür gab es in all den Jahren kaum eine Person außer vielleicht dem ein oder anderen Mädchen. Meistens aber war das betreffende Mädchen umgeben von einer Schar anderer Mädchen und dadurch wie abgeschottet. So war es dann immerhin besser, eine Milch- oder Kakaotüte oder eine Kümmelstange in der Hand zu halten, weil es dann aussah, als stünde ich nur deshalb allein, weil ich gerade mein Frühstück einnahm. Aber würde ich nun tatsächlich die Stufen zum oberen Schulhof hinauflaufen und zum Hausmeisterbüro gehen (der Hausmeister hatte dort seinen Verkauf eingerichtet), würde mich dort wieder eine der Schülerschlangen erwarten, und ich würde eine Ewigkeit in der Schlange stehen, und wahrscheinlich würden sie mich wieder ansprechen und fragen, *wieso ich eigentlich so komisch sei.* Denn das war eigentlich die erste Frage, die jeder an mich hatte, jeden Tag und bei jeder Begegnung, und natürlich verfolgte mich diese Frage bis in meine nächtlichen Träume hinein. Ginge ich aber nicht wieder hinauf in den oberen Hof und zum Hausmeister, bliebe nur noch eine Möglichkeit, nämlich die Schultoilette.

Vom unteren Schulhof aus führten zwei kleine Türen in die seitlichen Unterbezirke des alten Hauptgebäudes (es stammte noch aus der Bismarck-Zeit), nämlich in die Mädchentoilette und in die Jungentoilette, die damals noch *Bubenklo* genannt wurde. Schon wenn ich nur an die Jungentoilette dachte, überkam mich eine fast narkoseartige Betäubung. Übrigens waren in dieser Toilette sämtliche Dinge verkleinert wie in einem Puppenhaus. Bereits die hofseitige Eingangstür war kleiner als gewöhnliche Türen, drinnen waren kleine Waschbecken angebracht, selbst die Pißrinnen waren nicht so hoch gefliest wie sonst (sonst waren in meiner Kindheit die Pißrinnen immer bis über meinen Kopf hinweg gefliest, hier gingen mir die Fliesen maximal bis zur Brust), die Sitzkabinen hatten noch wesentlich kleinere Türen als der Eingang, und die Schüsseln hätten geradezu putzig gewirkt, wären sie nicht mit dem behaftet gewesen, was die Hauptsache in der Schultoilette war, das eigentliche narkotisierende Element, nämlich mit dem Geruch des Schülerurins sämtlicher Schülerblasen des Tages und eigentlich des ganzen letzten Jahrhunderts. Öffnete man die Eingangstür zur Schultoilette, schlug einem gleich der Dampf entgegen, der meiner Vorstellung nach sogar die Kleidung befeuchtete und durchtränkte. Im Winter war der Dampf noch wesentlich schlimmer als im Sommer. Und kaum lichtete sich der dampfende Urinnebel etwas, wurde die Toilettenszene sichtbar, die mir immer so vorkam wie später Goethes Walpurgisnachtszenen aus dem Faust oder wie der Traum des Hans Castorp im Schnee, wo am Ende eine regelrechte Hexensuppe zusammengekocht wird. Sie standen zusammen vor den kleinen Waschbecken und spritzten sich naß oder schrien den an, der sich die Hände nicht wusch: Guckt mal, der hat die Pisse an den Händen, schrien sie, oder andere taten männlich und spuckten verächtlich in Richtung des Waschbeckens und derer, die an ihm standen, denn einige hielten es für ein Zeichen von Schwäche und Verweichlichung, sich die Hände zu waschen, gerade nach Benutzung der Toilette. Wieder andere liefen zu den Kabinen und wurden sofort mit Spott und Kommentaren belegt, daß der, der in die Kabine gehe, seinen Schwanz nicht zeigen wolle. Denn das war für sie ganz wichtig, ihren Schwanz zu zeigen, und noch wichtiger war, daß auch alle anderen ihren Schwanz zeigten. Es war die erste umfassende Sozialkontrolle in ihrem Leben, die sie da ausübten, ohne es zu wissen, und zwar anhand sämtlicher Schulschwänze. Wer den Schwanz nicht zeigte, sondern in die Kabine ging, war entweder ein Feigling oder etwas noch viel Schlimmeres, vielleicht abartig, oder er hatte eine Krankheit oder am Ende vielleicht sogar gar keinen Schwanz und war also eigentlich ein Mädchen. Schultoilette: Ich schaute auf ihre Schwänze und dachte, wie seltsam und unglaubwürdig, solche Schwänze zu haben, und ich hatte ja eigentlich keinen solchen Schwanz, ich hatte ihn nur, insofern die anderen in der Schultoilette mir darauf starrten. Zu Hause und allein hatte ich diesen Schwanz nie. Sie standen an der Rinne und hielten ihre Schwänze in den Händen und schauten hinüber zum Nachbarn, und der Nachbar drehte sich ein wenig zu ihnen hin, damit sie seinen Schwanz besser sehen konnten, anschließend lachten sie gemeinsam dreckig wie die Verbrecher. Wettspiele gab es natürlich aller Arten. Sie richteten ihren Strahl in die Höhe und in die Weite oder versuchten sich in Kunstfiguren, etwa Achten oder dergleichen. Manche griffen auch anderen, die gerade fertig waren, von hinten in die geöffnete Hose, bis sie den fremden Schwanz in der Hand hatten, dann lachten sie wieder dreckig wie die Verbrecher, und allen machte es Spaß. Nein, es machte nicht allen Spaß, aber bevor die, denen es nicht Spaß machte, sich aussortieren und in die Ecke stellen ließen, griffen sie lieber selbst von hinten zu und lachten dreckig und strahlten um die Wette und riefen die Namen der Mädchen, denen sie nachher gleich zeigen wollten, wie hoch oder weit sie kommen mit ihrem Strahl. Oder sie planten einen kollektiven Überfall auf die Mädchentoilette, wobei einige das Gesicht verzogen und sagten, Mädchentoilette, das sei doch ekelhaft, da seien doch überall Mädchen und Mädchenpisse. Mädchenpisse war etwas kategorial anderes als Jungenpisse und somit ekelhaft. Und kam man aus dem Raum wieder heraus, trug man den Geruch und die Erinnerung danach noch stundenlang mit sich herum, im Grunde genommen ein ganzes Leben lang. Nein, ich ging lieber weder zum Hausmeister noch aufs Bubenklo, allerdings dauerte die Pause immer noch unerträglich lang, mindestens sieben oder acht Minuten. Was hätte ich tun können? Es gab keinen Ausweg. Die Zeit fror fest um mich herum. Ich verfiel in eine Starre, und wenn dieses Kind jetzt noch jemand ansprach, reagierte es gar nicht mehr. Es war festgefroren bis zum Pausengong. Dann wieder: Aufstellen, Reih und Glied, hinein in den Klassensaal, und dann wieder: nächste Pause, nächste fünfzehn Minuten Schulhofgang, nächstes Festfrieren.

Noch immer klingelt der Wecker nicht, aber ich liege bereits lange wach. Jeden Morgen komme ich irgendwann zu mir und beginne nach einer Weile automatisch damit, mir auszumalen, was mir in einer Stunde bevorstehen wird. Und ich kuschele mich an mein Kissen und versuche ein wenig Wärme und Zutrauen von ihm zu bekommen, und ich ziehe mir die Decke über den Kopf, als könnte das helfen. Und immer der Gedanke: Vielleicht wird ja alles gut. Vielleicht ist ab heute alles anders geworden, über Nacht, während ich geschlafen habe. Vielleicht hat der liebe Gott endlich eingegriffen, auch wenn ich dann meine Klassenlehrerin vielleicht nicht mehr wiedersehen werde, aber ich werde dann endlich wieder allein sein können, allein im Haus mit seiner Stille.

Der Wecker klingelt, und kurz danach kommt meine Mutter herein. Das erste, was sie tut, ist, durchs Zimmer zu gehen und das Fenster zu schließen. Und ich, das Schulkind, liege da und muß nun aufstehen in den Tag hinein, der so sein wird wie der gestrige Tag. Nach der Verweigerung des Kindergartens hatte ich noch drei Jahre im wiedergefundenen Paradies gelebt. Aber das neue Gesetz hatte das alte Gesetz jetzt endgültig ausgelöscht, und der liebe Gott änderte daran nichts mehr. Auch diese Nacht hatte er die Welt nicht geändert. Meine Augen wanderten zu den Bäumen jenseits des Usa-Ufers hinüber. Jeden Abend schlief ich mit ihnen ein, jeden Morgen wachte ich mit ihnen auf. Da Friedberg nachts nie ganz dunkel wurde und das Zuckerrübenfeld jenseits der Schrebergärten am anderen Ufer immer im matten Licht einer Relaisstation (Oberhessische Versorgungsbetriebe AG) lag, sah ich die Linden auch bei Neumond. Abends waren sie oft die letzten Lebenszeichen, die ich mit hinein in meinen Schlaf nahm, wie ihre Blätter im Wind rauschten, oder wie sie in einem Herbststurm hin und her gerissen wurden, und selbst wenn sie im Winter wie Knochenhände aussahen, hatte ich als Kind nie Angst vor ihnen, im Gegenteil, sie kamen mir vor wie eingewintert, wie in einem Winterschlaf eingeigelt. Und weil über Nacht mein Fenster angelehnt und nicht geschlossen war, kam zu den Linden immer das lebendige Geräusch der Usa dazu, das leise Plätschern, als redete der Fluß mit mir. Der Fluß war immer da, nicht anders als die Bettdecke, die nachts auch immer da war und mich freundlich einhüllte und auf meiner Seite der Welt war, auch wenn sie mir am nächsten Morgen irgendwann mit sanftem Nachdruck weggezogen wurde, wenn ich zu lange liegenblieb.

Ich steige aus dem Bett, und schon nach einer Minute schaut einer der beiden Eltern, Mutter oder Vater, wieder in das Zimmer, ob ich denn aufgestanden sei. Der Zeitplan ist genau einzuhalten. Zuerst muß ich mich waschen, dann muß gemeinsam gefrühstückt werden, anschließend muß ich in den Henninger-Dienstwagen einsteigen, dann wird man mich den Burgberg hinauf zu der von unserem

Haus im Mühlweg bzw. dem alten Firmengelände etwa einen Kilometer entfernten Schule bringen und mich vor dem Schulhoftor am oberen Pausenhof abliefern. Noch achtundfünfzig Minuten, dreitausendvierhundertachtzig Sekunden bis zum Gong. Ich stehe in meinem Zimmer und höre durch die geöffnete Tür Geräusche aus dem Badezimmer, möglicherweise den Rasierer des Vaters, möglicherweise den Fön der Mutter. Bei den Tätigkeiten, die nun vor mir liegen, bin ich auf mich selbst gestellt und kann somit erst einmal eine Weile für mich sein. Ich weiß, die nächsten zehn oder fünfzehn Minuten kannst du noch allein bleiben, anders wird es erst, wenn du nachher die Treppe hinabsteigen und die Küche betreten wirst. Aber noch ist es nicht soweit, noch stehe ich in meinem Zimmer und sehe die Wäsche vor mir fein säuberlich auf einem Stuhl zusammengelegt. Es ist die Wäsche, die meine Mutter gestern abend aus dem Schrank herausgeholt hat, damit ich sie heute anziehe. Daneben, auf einem anderen Stuhl, liegt das, was ich gestern getragen habe. Die neue Wäsche liegt fremd und korrekt da, irgendwie so, als liege da mein von den Eltern erwünschtes Ich. Daneben die getragene Wäsche, die Hose, an die ich mich gestern den Tag über gewöhnt hatte, das Hemd, an das ich mich ebenfalls gewöhnt hatte und dem man noch meine eigene Form ansieht, wie es unordentlich daliegt. In der gestrigen Wäsche ist noch der gestrige

Tag, der Nachmittag und der Abend, die Kleidung hat all das erlebt und mit mir geteilt und liegt da wie eine Erinnerung an Stunden, die ich zurückwünsche, kaum daß sie mir einfallen. Gestern am Nachmittag, gestern abend mußte ich nicht in der Schule unter meinen Mitschülern sein, ich saß vielleicht nur im Bastelraum und war glücklich. Saß da in den Öldämpfen und war glücklich über meine Finger und die Plastik- oder Papiereinzelteile und über den Plan, nach dem ich alles zusammenfügte, eine in sich geschlossene, mit der Welt nicht weiter verbundene Aufgabe. Vielleicht hatte ich am vorigen Abend ein Haus für die Eisenbahn meines Bruders gebaut. Oder ich hatte meinem Bruder mit irgend etwas anderem bei der Eisenbahn geholfen. Oder ich war am Nachmittag mit meinem Fahrrad unterwegs gewesen. All das ist noch in der Kleidung und schaut mich freundlich an. Es ist, als riefe sie mich, und ich blicke zwischen der neuen, korrekten und der alten, bereits getragenen Wäsche hin und her, und ganz automatisch ziehe ich die Kleidung von gestern wieder an und fühle mich sofort ein Stück wohler und irgendwie beschützt und aufgehoben an diesem Morgen, dreiundfünfzig Minuten vor dem Schulgong (dreitausendeinhundertachtzig Sekunden). Ich fühle mich geradezu gepanzert, als würde die Kleidung wie ein guter, alter Freund für mich eintreten und sich für mich zur Wehr setzen. Nun stehe ich da und sehe den Stapel mit der neuen Wäsche immer noch daliegen, aber ich spüre kein schlechtes Gewissen und mache mir auch keine Sorgen deshalb. Ich weiß, daß mich keinerlei Strafe erwarten wird, auch wenn sie versuchen werden, mich doch noch irgendwie aus der alten Kleidung heraus und in die neue Kleidung hinein zu bringen, und meine Hoffnung wird darin bestehen, so spät zum Frühstück hinunterzukommen, daß es ihnen nicht mehr möglich sein wird, mit der Abfahrt so lange zu warten, bis ich umgezogen bin und die neue, korrekte, für den Tag vorgesehene Wäsche trage. Also kümmere ich mich um den neuen Stapel nicht weiter, sondern lasse ihn einfach liegen und beginne, meinen Schulranzen zu packen.

Währenddessen stellt sich ein bestimmtes Gefühl in meiner Kehle ein, das ich inzwischen kenne. Es ist, als würde meine Kehle anwachsen beziehungsweise etwas in ihr. Kein Fremdkörper, aber doch etwas nicht zu mir Gehöriges, wie eine Krankheit. Etwas, was mir meine Kehle entfremdet oder mich meiner Kehle entfremdet, weil sie so groß dabei wird, daß es eigentlich nicht meine gewöhnliche sein kann. Noch ist sie nicht allzugroß, aber ich merke, wie sie zu wachsen beginnt. Ohne weiter darauf zu achten, schaue ich auf meinen Stundenplan, dort stehen vielleicht sechs Stunden für diesen Tag: Deutsch (Klassenlehrerin), Rechnen (ein anderer Lehrer),

Erdkunde (Klassenlehrerin), vielleicht Religion, vielleicht Naturkunde (beides andere Lehrer). Ich packe die entsprechenden Hefte ein und schaue mein Mäppchen auf Vollständigkeit durch. Buntstifte, Radiergummi, Bleistiftspitzer, Lineal, Füller, Filzstift *et cetera*. Alles da. Hausaufgaben ebenfalls gemacht. Alles packe ich in einen kleinen, roten Lederranzen hinein, den bereits mein Bruder und später meine Schwester benutzt haben, je am Anfang ihrer äußerst unterschiedlichen Schulkarrieren. Während ich die Metallschnalle einrasten lasse, bemerke ich, daß der Kloß in meinem Hals wieder ein Stück angewachsen ist, vielleicht fällt es mir bereits ein wenig schwer zu schlucken. Ich schlucke und merke tatsächlich, daß da ein Widerstand ist. Kurzer Blick zu den Linden hinaus. Ich setze mich auf meine Bettkante und warte, ob die Geräusche draußen abebben und die Familie sich inzwischen am Frühstückstisch versammelt hat. Sie sind aber noch im ersten Stock. *Komm rechtzeitig runter!* höre ich jemanden rufen (Vater oder Mutter). Meine Schwester mußten sie nie ermahnen. Sie würde ja gleich ihre Freundinnen und ihre Gruppe auf dem Schulhof treffen, und darauf freute sie sich mehr als auf irgend etwas anderes. Mein Bruder lebte inzwischen als Schüler völlig selbständig, er lief jeden Tag allein zu seinem Gymnasium in die Stadt. Weil ich auf den Ruf *Komm rechtzeitig runter!* nicht antworte, schaut nun jemand in mein Zimmer herein, sieht mich auf der Bettkante sitzen und fragt: Ist etwas? Nein, sage ich, ich glaube nicht. Na, dann komm bitte rechtzeitig runter, wird wiederholt, und der Betreffende zieht sich aus meinem Türrahmen zurück und geht die Treppe zum Frühstück hinunter. Inzwischen ist alles schwer auf mir geworden, als wären dort Gewichte, die mich auf die Bettkante hinunterdrücken, dennoch versuche ich aufzustehen, vorher aber schlucke ich noch einmal versuchsweise. Ich merke, daß es immer schwerer wird. Irgendwie gelingt es mir aufzustehen, und wie ich nun ins leere Badezimmer hinüberlaufe, fühle ich mich bereits völlig erschöpft. Aber noch ist ja eigentlich alles gut. Noch bin ich allein, noch bin ich nicht beim Frühstück und nicht in der Schule. Noch vierzig Minuten, zweitausendvierhundert Sekunden. Es gibt ja auch noch dein Atmen, auf das du hören kannst, es gibt ja auch noch dein Herz, und du kannst jederzeit hören, wie es schlägt, es kann dich überallhin begleiten, es muß nicht das Geräusch der Usa sein, auch dein Atem kann es sein, auch dein Herz, auch wenn du dieses seltsame, große Gewicht trägst, wie du jetzt hinüberläufst ins Badezimmer im Haus im Mühlweg in Friedberg in der Wetterau, mitten in Deutschland und auf der Erde und im Universum, auf das der liebe Gott schaut. Ein Schulkind, auf dem Weg von seinem Zimmer ins Badezimmer, morgens um zwanzig nach sieben an irgendeinem Tag Mitte der siebziger Jahre des vorigen Jahrhunderts. Es greift sich an den Hals und schluckt und starrt vor sich hin. Zähne putzen, Mund spülen. Eigentlich soll ich mich zuerst waschen (gründlich und mit einem Waschlappen den Oberkörper und das Gesicht) und mich erst dann anziehen, aber darauf achten sie inzwischen nicht mehr, sie haben es entweder aufgegeben oder sind einfach froh darüber, daß ich selbständig durch die halbe Stunde vor dem Frühstück komme mit meinem Waschen und Anziehen. Ich gelte inzwischen als »selbständig«. Warum sollten sie auch verstehen, daß sich nur Panik hinter dieser »Selbständigkeit« verbirgt? Warum sollten sie verstehen, daß ich nur deshalb lieber »selbständig« durch die erste halbe Stunde komme, weil alles andere noch schlimmer wäre? Es wäre ja völlig gleichgültig gewesen und hätte nichts geändert oder sie bloß erschreckt, wenn sie es begriffen hätten. Am Wasserhahn versuche ich, einen Schluck Wasser hinunterzubringen. Falls ich noch nicht groß genug bin, um mit dem Mund dorthin zu gelangen, benutze ich meinen Zahnputzbecher. Ich kann kaum noch schlucken. Ich bringe das Wasser nur so eben hinunter. Meine Kehle wird immer größer. Schon reicht sie links und rechts über meine Schultern hinaus, und wenn ich mich nach vorn beuge, scheint sie im Weg zu sein und mich zurückzufedern. Nun sind die Verrichtungen im Badezimmer abgeschlossen, und ich gehe zurück in mein Zimmer, wissend, daß immer noch ein wenig Zeit ist, daß ich immer noch etwas Zeit verbringen kann, bevor ich zum Frühstück hinuntergehe. Ich soll spätestens um halb acht unten sein, und es ist gerade sieben Uhr siebenundzwanzig, und als es sieben Uhr dreißig ist, muß es immer noch keine Katastrophe bedeuten, wenn ich nicht gleich, sondern vielleicht erst in zwei oder drei Minuten hinuntergehe, oder vier, und ein wenig zu spät komme. Mein Kloß im Hals wird immer mehr zu mir selber, und dennoch versuche ich mich in meinen restlichen Minuten so einzurichten wie mit meinem warmen Kissen und meiner Decke, unter der alles gut ist. Ich hülle mich in die Zeit ein, und sie umarmt mich wirklich, scheint mir. Irgendwann rufen sie mich dennoch. Unten sitzen sie bereits beieinander, nur der Bruder ist schon zur Schule losgegangen. Noch siebenundzwanzig Minuten bis zum Gong, eintausendsechshundertzwanzig Sekunden. Der Kloß im Hals geht die Treppe hinab und füllt sie gänzlich aus und auch bereits das große, leere Foyer.

Das Frühstück. Die erste Gesellschaft am Tag. Unter Menschen. Nun mußt du sein, was du nicht bist, und du weißt es schon so lang, und jeden Tag wiederholt sich das Mißverständnis. Jetzt mußt du deine Rolle spielen, und du kannst deine Rolle nicht spielen, und im Grunde haben sich auch schon alle daran gewöhnt, daß du deine Rolle nicht spielst, aber da sie keine andere Rolle für dich haben, fordern sie dir die Rolle dennoch ab, aus bloßer Gewohnheit, wenn auch inzwischen ohne jede Hoffnung. Kaum wirst du am Frühstückstisch sitzen, werden sie wieder an allem merken, wie du sie inzwischen aufgegeben hast und wie sie selbst dich aufgegeben haben, weil du, ihr Kind, sie enttäuscht hast. Auch wenn sie es nicht sagen. Schon das Begrüßungswort, das ich spreche, wird zu leise sein, und der Vater wird das Begrüßungswort eine Spur zu laut sprechen, so daß schon bereits im ersten Moment das Mißverhältnis da sein wird. Schon wie zögerlich du zum Stuhl gehen wirst, wird ihnen ihr Empfinden ins Gesicht schreiben, und daß du der lärmenden Schwester auf ihrem Stuhl nicht durch ein ebensolches Lärmen begegnest, sondern dich in dich zurückziehst, wird sie ebenfalls, wie jeden Morgen, enttäuschen. Wenn sie dir etwas anbieten, Milch, Brot, wirst du nicht auf die richtige, kraftvolle, zukunftsgewisse Weise reagieren, und wenn die Mutter dir einen Toast mit Butter beschmiert hat, wirst du auf eine Weise hineinbeißen, die ihnen nur einen Gedanken übrigläßt: *Wie er jetzt wieder so apathisch in seinen Toast hineinbeißt!* Dabei ist es keine Lustlosigkeit, ich kann nur einfach nicht auf sie reagieren. Hätten sie mir das Frühstück in den Keller gebracht, wo ich hätte allein in meinem Raum sitzen können, wäre alles viel leichter gewesen. Mit den Jahren habe ich immerhin gelernt, so etwas wie eine Reaktion zu simulieren, ich weiß, sozusagen abstrakt, an welchen Stellen ich was wann zu tun und zu sagen habe, und ich versuche dann auch immer etwas zu sagen, aber es ist natürlich erkennbar, daß es unecht und bloß vorgespielt ist, folglich nehmen sie es in erster Linie als Unwillen wahr. Ein Unwillen am Rand der Gestörtheit oder darüber hinaus. Ich bin ein ganz und gar lust- und lebloses Wesen, wie ich so grundlos verstört in die Küche hereinkomme zum Frühstück, Tag für Tag. Und dabei bin ich doch nur in Alarmstimmung. Der Vater wird, in seinen langen Hemdsärmeln, zugeknöpft, aber noch ohne Sakko, mit frischem und munterem Gesicht (das, wenn er Migräne hat, ebenfalls vorgespielt sein wird) über den Rand der Wetterauer Zeitung hinaus immer wieder an seiner Kaffeetasse nippend, andauernd so etwas wie Frische und Energie und Mut für den Tag ausstrahlen. Er wird mir verbal auf die Schulter klopfen und mich zu ermuntern suchen, aber auch das wird nur vorgespielt sein, im Grunde haben wir uns alle schon seit dem Beginn meiner Schulzeit an diese Schauspielerei gewöhnt. Natürlich war der erste Schultag für mich ein Schock, sie hatten mich auf die übliche Weise mit einer Schultüte ausgestattet, Fotos von mir gemacht (übrigens lächle ich auf diesen Fotos, ich habe bis heute keine Ahnung, warum) und mich an der Schule abgegeben in die Hand meiner Klassenlehrerin. An diesem Tag versuchten alle, äußerst freundlich zu sein, und am zweiten Tag saß ich morgens beim Frühstück und muß noch immer unter Schock gestanden haben. Mit der Zeit gewöhnten sie sich daran, daß ich morgens in diesem für sie nicht nachvollziehbaren Zustand am Küchentisch saß. Sehr bald, schon in den ersten Wochen, machte ich damals Bekanntschaft mit meiner Kehle und dem Kloß, der immer größer wurde, und immer öfter blieb ich liegen und erzählte von dem Kloß, worauf eine Weile Ärzte kamen, mich untersuchten und anschließend vor der Zimmertür Gespräche mit der Mutter führten. Manchmal bekam ich auch Fieber, dann hatte die Entschuldigung, die an die Schule geschrieben werden mußte, eine handfestere Begründung. Sie konnten ja nicht schreiben *Er kann einfach nicht*. Obwohl es die Wahrheit gewesen wäre. Und daß ich nicht konnte, fiel natürlich auch auf die Familie zurück. Was ist das für eine Familie, die ein solches Kind hat, daß es nicht einmal regelmäßig in die Schule geht? Meine gesamte Grundschulzeit über kam ich auf große Fehlzeiten, in einem Halbjahr fehlte ich manchmal bis zu fünfzig Tage. Wenn ich daheim blieb, konnte ich mir das Frühstück ersparen und das grelle Licht dort unten mit der Familie und konnte den Morgen, allein mit meinem riesigen Hals, der das ganze Zimmer ausfüllte, im Halblicht bei geschlossenen Vorhängen vor mich hin dämmern und die Zeit rückwärts zählen. Nun sind es schon dreißig Minuten nach dem Schulgong, nun ist bereits die erste Stunde vorbei, nun ist es schon zehn Uhr, und du mußt schon seit zwei Stunden nicht in der Schule sein, sondern darfst hier liegenbleiben, und meistens war ich gegen elf Uhr dann wieder kerngesund, und der Kloß hatte sich auf ein erträgliches Maß reduziert, bis er anschließend ganz vergessen war. Natürlich machte es meine Eltern zusehends ratlos, wie oft ich krank war bzw. fehlte, aber vielleicht hatten sie ja auch mit meiner Klassenlehrerin die geheime Absprache getroffen, mir das, was vom Gesetz her vorgeschrieben war, also den Gang in die Schule, so häufig es geht zu ersparen. Natürlich reagierte mein Vater immer mit einem gewissen Mißmut, wenn er hörte, der Andreas gehe wieder nicht zur Schule, denn er begriff einfach nicht, warum ich nicht in die Schule ging, er begriff meine Widerstände nicht, und vor allem begriff er meine Furcht vor den Menschen und meine komplette Überforderung durch sie nicht. Er begriff sie nicht nur nicht, sondern ich glaube, er verabscheute etwas daran. Möglicherweise sah er darin eine Schwäche, die ihm zuwider war. Möglicherweise glaubte er, ich nähme mir ein Recht heraus, das, wenn es sich alle herausnähmen, zum sofortigen Zusammenbruch der zivilisierten Welt führen würde (alle würden dann ab sofort jeden Tag morgens einfach zu Hause bleiben, wie ich). Vielleicht war ich für ihn so etwas wie ein Morphinist mit anderen Mitteln. Zumindest glaube ich das im nachhinein. Kurz, möglicherweise sah er in meinem Verhalten so etwas wie Fahnenflucht, Fahnenflucht vor dem Leben, und das konnte er natürlich nicht gutheißen, auch wenn er es sich selbst vielleicht gar nicht zugab. In mir lag etwas, das alles, was mein Vater tat, unmöglich gemacht hätte, seine politische Arbeit in der Kommune, seine Betriebsrats- und Aufsichtsratssitzungen, seine Gremien hier und Gremien dort, seine Verhandlungen nach allen Seiten, seine gesamte Geschäftswelt, alles das wäre sofort unmöglich geworden, hätte er das zugelassen, was ich machte, nämlich die einfache, schlichte Verweigerung. Die Verweigerung in Form einer mitunter hausgroßen Kehle, groß wie das Haus im Mühlweg. Er glaubte mir die Kehle nicht, vermute ich. Und sie war doch da, und ich weiß sie bis heute. Jetzt, lange nach der Einschulung, war die morgendliche Schauspielerei längst Routine geworden. Sie nahmen mich hin als jemanden, der zu einem normalen Geschäftsgang nicht fähig war, aber sie zeigten es nicht bzw. versuchten, es nicht zu zeigen. Mein Vater blieb immer freundlich, fragte nach gestern, fragte, was heute bevorstehe, freilich fragte er es immer hinter der Zeitung, und ich betrachtete ihn dabei, wie er seinen Toast oder Zwieback oder sein Leberwurstbrot zum Mund führte und hineinbiß und dann kaute, in einer so problemlosen, aber in ihrer Problemlosigkeit doch irgendwie aufgesetzt wirkenden Weise. Ich versuchte, es nicht so aussehen zu lassen, als ob ich ihn dabei beobachtete. Umgekehrt machte er es genauso, er betrachtete mich dabei, wie ich mit schlaffen Händen und schlaffen, hängenden Schultern meine Tasse mit Milch nahm und eigentlich fast gegen meinen Willen, und nur weil es alle von mir erwarteten, zum Mund führte, um daran zu nippen, und ihn muß das alles innerlich stets aufgeregt haben, es ließ ihn an mir, seinem Sohn, verzweifeln, aber natürlich versuchte er ebenfalls, mich nicht merken zu lassen, wie er mich hinter seiner Wetterauer Zeitung beobachtete. Es war, als schaute er durch die Wetterauer Zeitung hindurch auf mich, und ebenso konnte ich durch die Wetterauer Zeitung hindurchschauen auf ihn, das immerhin hatte ich im Lauf meiner ersten Schuljahre gelernt. Natürlich wußte ich auch, daß sie mit den beiden anderen Geschwistern wesentlich zufriedener waren als mit mir. Selbst meine Schwester, die in der Schule inzwischen große Probleme hatte, hatte wenigstens Leben in sich und zeigte Reaktionen, auch wenn es anstrengend war, daß sie herumschrie, aber das war immerhin etwas Greifbares, anders als meine Nichtreaktion auf alles. Am liebsten wäre er liegengeblieben, dachte mein Vater hinter seiner Zeitung. Ich dagegen dachte: Am liebsten wäre es ihm, wenn ich jetzt so dasäße wie er, dem Tag und allem und der ganzen Welt zugewandt mit hochgeschlossenem Kragen und zugeknöpften Hemdsärmeln und umgebundener Krawatte, und so wie er Toasts, Zwieback und Leberwurstbrote in mich hineinessend beim Frühstück angesichts des bevorstehenden Arbeitstages, um für ihn gerüstet zu sein Morgen für Morgen, Jahr für Jahr. Das dachte ich, denn ich konnte inzwischen auch durch die Wetterauer Zeitung hindurchdenken, ich hatte es am Vorbild meines Vaters gelernt. Und so diente das Frühstück dazu, mich schon gleich im ersten Gesellschaftsaugenblick des Tages auf das Bild zu verweisen, das sie von mir hatten. Schon wenn ich die

Treppenstufen ins Erdgeschoß hinabstieg, fühlte ich, wie sie gleich wieder über mich den *Andreas* darüberlegen würden, ihren *Problemandreas*.

Der Problemandreas sah, kurz gesagt, folgendermaßen aus. Faul ist er nicht, dumm auch nicht. Aber er zieht sich immer so zurück. Die anderen sind schon längst in ihren Turn- oder Fußballvereinen, aber das will er alles nicht. Man weiß eigentlich gar nicht, was er will. Am liebsten sitzt er unten im Bastelraum und bastelt. Er ist nicht in den Kindergarten gegangen, das wollte er nicht, er hat sich völlig quergestellt, aber wenigstens hat er dadurch keine große Arbeit verursacht, denn wenn er etwas kann, dann sich mit sich selbst beschäftigen. Er sitzt stundenlang im Bastelraum und bastelt und kann darüber alles vergessen, und wenn man mal nach unten geht, zeigt er einem mit Freude, was er gerade eben gebastelt hat. Aber natürlich betrachten wir das auch mit großer Sorge, daß er immer allein im Keller sitzt und bastelt. Er meidet die anderen Mitschüler komplett. Er spielt mit keinem Kind auf der Straße. Alle Versuche, ihn mit den Nachbarskindern zusammenzubringen: gescheitert. Wenn die Cousins und Cousinen kommen, zu Festen etwa, versteckt er sich an den unmöglichsten Orten, um nicht mit ihnen in Kontakt kommen zu müssen. Wieso scheut er nur den Kontakt zu den anderen Kindern? Und was soll daraus werden? Er ist jetzt schon so lange in der

Schule und hat noch nie einen Freund gehabt, hat noch nie mit irgendwem gespielt, will niemanden kennenlernen, will immer nur allein zu Hause oder mit seinem Fahrrad draußen sein, das ist alles sehr problematisch, nur weiß man keine Lösung. Und daß er in der Schule immer sehr gut ist, darüber kann man zwar dankbar sein, bei den Fehltagen, die er hat, aber normal ist das doch auch nicht, manchmal hat man ja das Gefühl, er müßte eigentlich überhaupt nicht in die Schule gehen und es würde reichen, wenn er nur zu den Arbeiten hinginge. Morgens kriegt man ihn manchmal gar nicht aus dem Bett, und wenn er es zum Frühstück schafft, sitzt er da, als würde er gleich umfallen. Man spricht ihn an, er reagiert nicht. Schaut einen bloß an mit großen Augen. Manchmal sitzt er morgens irgendwo im Dunkeln, einfach so. Wie überlastet. Aber von was? Die Ärzte sagen, es sei alles normal bei ihm, zumindest physisch. Sie sagen, man müsse Geduld haben, das renke sich wohl alles noch ein, irgendwie. Soll man sich Vorwürfe machen? Vielleicht war es doch schädlich für ihn, daß er am Anfang so oft bei seiner Urgroßmutter war? Er fing ja auch so spät zu sprechen an. Manchmal ist er uns so fremd. Kann er nicht seinen beiden Geschwistern ein bißchen ähnlicher sein? Der Bruder ist zwar auch still, ja, aber doch nicht *so*.

Das in etwa ist der Problemandreas, wie er ihnen vorgekommen sein muß. Und weil sie die Hoffnung schon aufgegeben hatten, aber dennoch offiziell nicht aufgeben durften, versuchten sie ihren Problemandreas jeden Tag und jeden Morgen zu stärken und zu ermuntern und ihm Mut und Zuversicht zuzusprechen, und mein Vater geht mit frischem und tatkräftigem Vorbild voran, wahrscheinlich wesentlich frischer und tatkräftiger, als er tatsächlich war. Aber der Vater hat es sich zum Vorsatz gemacht, wegen des Jungen, damit er vielleicht doch noch in die Spur kommt. So erscheint also für sie jeden Morgen der Problemandreas in der Küche, aber sie tun immer noch so, als sei der Problemandreas ein ganz unproblematischer Andreas, denn dadurch könnte ja der Problemandreas doch noch den Glauben und die Zuversicht gewinnen, kein Problemkind zu sein, sondern ganz normal, er müßte ja selbst nur daran glauben. Er müßte ja selbst nur von sich erlöst werden. Dann wäre alles normal und gut. Und der Andreas ginge endlich mal von sich auf die Welt zu. Weil es eigentlich ja nur letzteres ist, woran es bei ihm fehlt. Nur fehlt es leider nahezu völlig.

All das ist jeden Morgen in mir, dieser ganze wortlose, stumme, ewig gleiche Diskurs, wenn ich die Treppe zum Frühstück hinuntergehe um sieben Uhr dreiunddreißig. Immer sehe ich dieses komplette, fremde Bild des Andreas vor mir, die Andreasrolle, in die ich ab dem Zeitpunkt wieder gerate, zu dem ich gleich durch die Küchentür in die Küche und an den Frühstückstisch treten werde. Ich, einfach ein Mensch unter Menschen. Alle sind gleich, irgendwie, und alles ist gut, wenn ich auch irgendwie so bin. Was genau wissen sie eigentlich von der Schule, von dem Pausenhof, was wissen sie von meiner Schulbank, meinem Stuhl, von den Wänden des Klassenzimmers, von der Schultoilette? Was wissen sie von meinen Tagen, meinen Stunden, was wissen sie von meinem Tischnachbarn Peter Gonter, denn ich habe ja einen Tischnachbarn, es muß jemand neben mir sitzen und ich neben jemandem, dabei hätte ich natürlich am liebsten allein am Rand gesessen, oder wenigstens neben einem der Mädchen, die aber meistens an anderen Stellen des Saals saßen. Sie glaubten, sie wüßten genau, was mein Tag, mein Pausenhof, mein Tisch, die Saalwände, die Saalfenster, der Unterricht, das Reih-und-Glied-Stehen, die Schultoilette und alles weitere war, und sie wußten es auch, und zugleich wußten sie nichts, nur leider war das nicht ihr Problem, sondern meins. Und genau das war das Schlimme: daß sie mir all das Schlimme als das Gegenteil hinstellen wollten, als das Normale und doch eigentlich ohne weiteres Erträgliche. Daß es für sie offenbar erträglich war, machte es für mich um so schlimmer. So stieg ich die Treppe hinab, mit solchen Gedanken. Ein Kind steigt die Treppe hinab auf dem Weg zum Frühstück, in Friedberg in der Wetterau im Jahr 1975, 1976,

1977, noch eintausendvierhundertvierzig Sekunden bis zum Schulgong und dreißig, höchstens vierzig, maximal noch fünfzig Sekunden bis zum Frühstück. Ein Kind in der Kleidung des Vortages, nicht einmal gekämmt, denn das hat es vergessen. Die Stimme der Schwester, die gerade *Ich will nicht* oder *Ich will jetzt das und das* schreit, ist schon zu hören. An der Garderobe hängt meine Jacke, die ich in weniger als zwanzig Minuten anziehen muß, um sie auf meinem Schulweg zu tragen. In der Hand halte ich den Ranzen. Den werde ich gleich an der Garderobe abstellen. Ich bin ein ordentliches Kind. Das immerhin. Schon früh mußte ich Ordnung unter allen meinen Gegenständen halten. Es war immer mein letzter Halt. Die Dinge und ich, das war etwas anderes als die Menschen und ich. Der Ranzen steht gleich ordnungsgemäß an der Garderobe. Wenigstens das habe ich dann richtig gemacht. Wenigstens das ist möglich. *Schrei nicht so laut!* schreit meine Mutter. *Du bist so blöde!* schreit meine Schwester. *Wie redest du mit deiner Mutter!* ruft mein Vater. Den Ranzen an die Garderobe stellen und das in diesem Augenblick zum Wichtigsten auf der ganzen Welt werden lassen: daß der Ranzen an der Garderobe steht, wie es sein soll, und im Ranzen ist auch alles in Ordnung. *Ich hasse euch!* schreit die Schwester. *Jeden Morgen dasselbe!* ruft mein Vater. Woraufhin die Schwester an mir vorbei die Treppe in ihr

Zimmer hinaufrennt, um sich für die letzten Minuten vor der Abfahrt einzuschließen, als würde sie nie mehr öffnen und nie mehr aus ihrem Zimmer herauskommen. Um sich einzuschließen und zu schreien und zu hassen und ihre Gegenstände gegen die Wand zu schleudern.

Mein Vater sitzt am Kopfende des Tischs, hält sich den Kopf mit beiden Händen und schaut vor sich hin. Fünf Gedecke, das des Bruders steht noch da. Vor dem Vater Kaffee mit Milch, meine Mutter rührt Zucker hinein. Die Hemdsärmel meines Vaters sind frisch und ohne Falten und zugeknöpft, die Krawatte bereits umgebunden, er trägt jedoch noch kein Sakko und sieht infolgedessen irgendwie noch unvollständig und unvollendet aus, wie immer beim Frühstück. Es herrscht das grelle Küchenlicht. Immerfort sitzen sie in der Küche im grellen Licht, und der Vater liest gewöhnlich die Zeitung. Das Haus hat zwei Zeitungen, die Wetterauer Zeitung, die beim Frühstück gelesen wird und im Haus verbleibt, und die Frankfurter Allgemeine Zeitung, die ungelesen im Aktenkoffer meines Vaters verstaut und im Dienstwagen mit nach Frankfurt ins Büro der Henninger Brauerei genommen wird, um dort gelesen zu werden. Heute aber liegt die Wetterauer Zeitung unaufgeschlagen auf dem Frühstückstisch. Als ich hereinkomme, schaut mein Vater nicht auf, erst als ich mich auf meinen Platz setze, bemerkt er mich. Er atmet flach vor sich hin.

Geht es, fragt die Mutter.

Ja, ja, es geht, sagt mein Vater. Er blickt auf die Uhr (nicht auf die Uhr an der Wand, sondern auf seine Armbanduhr).

Ich befühle meinen Hals und kann inzwischen nicht mehr schlucken, sosehr ich mich auch bemühe. Meine Mutter schenkt mir warme Milch ein (ob damals bereits ein Schluck Kaffee darin war, weiß ich nicht), beschmiert mir eine Toastscheibe mit Butter und stellt mir eine Schale mit Birchermüsli hin, mit frisch geriebenem Apfel darin und Basicapulver, gemäß Rezept original nach Bircher-Benner. Jeden Morgen verwendet sie zehn Minuten darauf, Originalmüsli nach Bircher-Benner herzustellen. Meine Mutter ist auf einer Haushaltsschule gewesen und hat dort neben dem klassischen Frühstück mit Toast, Ei, Marmelade und Aufschnitt auch das Frühstück nach Bircher-Benner gelernt, mit dem alles gesünder wurde auch am Frühstückstisch im Mühlweg. Haferflocken müssen ins Müsli, und über alles wird ein weißes Pulver gestreut, bis alles von dem Pulver bedeckt ist, es kommt aus einer blauen Packung. (Basicapulver ist, glaube ich, noch heute erhältlich. Quasi meine ganze Kindheit aß die Familie Basica zum Frühstück, Tag für Tag, und sicherlich wußte all die Jahre niemand außer der Mutter, woraus das weiße Pulver eigentlich bestand.) Mein Vater allerdings rührt an diesem Tag das Müsli ebensowenig an wie die Zeitung. Meine Mutter fragt ihn, ob er bereits Kopfschmerztabletten genommen habe.

Ja, sagt er.

Sie: Je mehr Kopfschmerztabletten du nimmst, desto weniger wirken sie, das weißt du.

Mein Vater nimmt seinen Kopf wieder zwischen die Hände und starrt vor sich hin, ohne Antwort. Antriebslos (wie ich) löffelt er dann doch ein oder zwei Löffel Bircher-Benner-Müsli mit Basica in sich hinein und sieht anschließend hilflos und in gewisser Weise auch nachdenklich aus. Auch beim Schluck aus der Kaffeetasse sieht es aus, als kaute mein Vater nur auf dem Schluck Kaffee herum, um ihn gleich wieder auszuspucken. Er kneift die Augen zusammen und schaut schmerzhaft zur Lampe empor, die ihn blendet. Die Migräne kommt immer wieder, und seit einiger Zeit immer öfter.

Sie: Soll ich dir doch schnell eine Hafersuppe kochen?

Er: Ja, vielleicht.

Ich schaue ihn an und weiß, wie peinlich ihm alles das gerade ist. Weder will er jetzt leidend aussehen noch Migräne haben noch eine Hafersuppe essen, der Familienvater und Sohn des Oberfinanzpräsidenten, aber er weiß, daß es sein muß, wenn er heute überhaupt noch irgendwie nach Frankfurt kommen will. Die Hafersuppe (mit Maggi) ist jetzt vorläufig das einzige, was ihm noch helfen kann. Es ist ein mittelschwerer Migräneschub, wie er ihn fast jede Woche einen Tag lang hat. Ich sitze da mit meiner Milch in der Hand und kann nicht schlucken und betrachte den Vater, wie er da sitzt und an seiner Hafersuppe herumkaut, ohne mehr als zwei Löffel herunterbringen zu können, keinen Löffel mehr als vom Bircher-Benner-Müsli. Manchmal schaut er auf, dann versucht er mir in die Augen zu sehen, er versucht sogar, ermunternd zu schauen, befangen in seiner Rolle als Ermunterer, aber das ist ein hilfloser und vergeblicher Versuch. Ich weiß, er leidet, und dieses Leiden ist immer ein stiller Kampf.

Warum trinkst du denn deine Milch nicht, fragt meine Mutter und mustert meine Kleidung.

Ich weiß nicht, sage ich, ich kann nicht.

Geht es dir auch nicht gut, fragt sie.

Ich schaue unter mich. Mein Hals, sage ich. Ich kann nur so schlecht schlucken.

Sie faßt mir an die Stirn, um zu fühlen, ob ich erhitzt bin oder Fieber habe. Meine Stirn ist allerdings vermutlich eher sehr kalt. An normalen Tagen würde mein Vater jetzt mit dem Fragenkatalog beginnen, den er über den Rand der Wetterauer Zeitung hinweg zu stellen pflegt. Was heute in der Schule anstehe, ob ich die Hausaufgaben gemacht hätte, welche Fächer ich hätte, ob ich eine Arbeit schriebe. Diese Fragen stellt er normalerweise allen von uns

Kindern, und mit meiner Mutter bespricht er beim Frühstück gewöhnlich die Dinge, die zu erledigen sind, während er in Frankfurt bei der Firma ist. Normalerweise. Heute bleibt er stumm.

Er hält seinen Kopf zwischen beiden Händen, und jetzt kommt die Schwester zurück, die sich eben noch für den Rest ihrer Zeit und ihres Lebens oder wenigstens für den Rest des Tages in ihrem Zimmer eingeschlossen hatte, aber sie hat ihr Frühstück noch nicht beendet und hat nach wie vor Hunger und noch nicht genügend gegessen, also setzt sie sich wieder an den Tisch. Jetzt sitzt sie trotzig da und schaut auf ihren Vater, der sich seinen Kopf hält. Kaum hat sie begriffen, daß mein Vater einen Migräneanfall hat, verstärkt sie ihre Quengelei. Die Migräne steht in Konkurrenz zu ihr. Die Migräne darf nicht so mächtig werden wie sie selbst. Sie, die Schwester, könnte ja auch an Migräne leiden und wäre dann ebenso fein heraus wie der Herr Vater und Rechtsanwalt. Sie ist jetzt vielleicht zehn oder elf Jahre alt. Sie beißt in ihren Toast, mustert unseren Vater und wedelt währenddessen möglichst demonstrativ mit den Beinen unter dem Tisch, als habe sie in diesem Augenblick gerade besonders gute Laune. Mein Vater schaut nach unten. Sie wedelt, das eine Bein nach hinten, das andere Bein nach vorn. Mein Vater hat die Ellenbogen auf den Tisch gestützt, neigt mit dem Kopf in den Händen immer mehr der Tischplatte zu, vielleicht wird er gleich ohnmächtig und kollabiert. Es war der Preis, den er genau und exakt für alles zu zahlen hatte. Der funktionierende Mensch, aber einmal in der Woche komplett lahmgelegt, und dann bleibt der Mercedes-Benz-Dienstwagen in der Garage stehen und der Stuhl im Abteilungsleiterzimmer der Henninger Bräu im Hainer Weg, Frankfurt am Main, unbesetzt. Stille herrscht dann in diesem Zimmer für einen ganzen Tag, abgesehen vom Telefon, das dann häufiger klingelt als an anderen Tagen. Ein einsamer schwarzer Ledersessel, und niemand schaut aus dem Fenster auf den Hainer Weg, und das Zimmer ist für keinen da und wird so selbst zum Bild. Der Abteilungsmitarbeiter, Mosbacher, wird an diesem Tag einen vergleichsweise ruhigen Arbeitstag haben und etwas mehr in den Nachbarabteilungen herumspazieren als sonst und auch sein erstes Bier vielleicht etwas früher trinken als sonst, es sei denn, er steht unter Beobachtung der Sekretärin meines Vaters, und sie meldet ordnungsgemäß am nächsten Tag alle Mosbacherschen Vergehen und Dienstübertretungen und Libertinagen an meinen Vater, den Abteilungsleiter, der dann wieder frisch und munter in seinem schwarzen Ledersessel sitzen wird. Oder Mosbacher seinerseits beobachtet die Sekretärin, die an diesem Tag eigentlich gar nicht weiß, was sie tun soll ohne meinen Vater, und wie sie eine gewisse Schwermut überkommt, auch eine gewisse Unruhe. Ganz hilflos wirkt die Sekretärin ohne ihren Chef. Wie im Leerlauf. Vielleicht geht die Sekretärin in das Zimmer meines Vaters, in einem unbeobachteten Augenblick, und setzt sich in seinen Sessel. Vielleicht geht Mosbacher in einem Moment, da ihn niemand sieht, in das Abteilungsleiterzimmer meines Vaters und setzt sich in den schwarzen Ledersessel. Hebt den Telefonhörer ab. Obgleich keiner anruft. Und auf der anderen Seite des Bildes wird mein Vater im komplett abgedunkelten Schlafzimmer im Mühlweg liegen, inzwischen hat er die vierte oder fünfte Tablette genommen, und jede halbe Stunde kommt meine Mutter hinein und frischt den feuchten Waschlappen auf, der auf seiner Stirn liegt, und an den Füßen trägt er Wollsocken, weil er friert. Nicht das kleinste Geräusch kann er dann noch ertragen. Nicht daß er sich beschweren würde, er kann es dann nur nicht mehr ertragen. Und auch sämtliche Aufsichtsratsgremien und Personalratsversammlungen und Vorstandssitzungen der verschiedenen Krankenkassen und Magistrate *et cetera* werden an diesem Tag unbesucht bleiben, der Sessel in seinem Büro wird nicht der einzige Platz sein, der an diesem Tag frei bleibt. Vier Tage die Woche kann er teilnehmen, am fünften muß er opfern gehen und seinen Migränezoll entrichten. Und es hilft nur ein einziges Kopfschmerzmittel, nicht Aspirin, nicht Paracetamol, nur die Ringtablette wird helfen können, wenn überhaupt.

Immer hatte er Ringtabletten dabei, überall. In seinem Aktenkoffer war stets ein Vorrat an Ringtabletten. Schon das Unsicherheitsgefühl war für ihn nicht zu ertragen, wenn keine Ringtabletten da waren. Dann mußte die Mutter morgens gleich in die Stadt fahren und Ringtabletten in der Apotheke besorgen. Mein Vater führte ein Leben mit Ringtabletten. Oft steckte ein Streifen Tabletten in seiner Hemdtasche. Auch in seinem Nachttisch: Neben dem Burschenschaftsgesangbuch aus frühen Jahren lag dort immer ein Päckchen Ringtabletten. Nur die allerwichtigsten Gegenstände, also die Sehnsuchtgegenstände seiner Jugend und Studienzeit, fanden sich dort in der Schublade des Nachttischs wie in einem Allerheiligsten, und daneben immer Ringtabletten. Fast jeden Tag fiel dieses Wort in meiner Kindheit. Wo sind meine Ringtabletten? Ich habe keine Ringtabletten mehr. Gib mir bitte eine Ringtablette! Bitte schnell! War er unterwegs ohne Tabletten, kam Panik auf. Es war fast eine Symbiose. Waren die Eltern in Südtirol und ging der Vorrat an Ringtabletten aus, weil sie ihn zu knapp bemessen hatten, dann stiegen sie in den Mercedes-Benz-Dienstwagen und fuhren bis über die Grenze nach Deutschland und dort in die nächste Apotheke nach Mittenwald. Ringtabletten gab es nämlich weder in

Italien noch in Österreich. Die Schmerzen müssen furchtbar gewesen sein. Ich stellte mir vor: Als würde man mit beiden Daumen auf die Augen drücken und dann die Augen langsam in den Kopf hineindrücken und anschließend mit den Daumen im gesamten Gehirn herumwühlen. Oder als würde man Pflöcke in die Ohren treiben oder in die Schläfen. So sah er aus, wenn es richtig schmerzhaft wurde. Es konnte so schlimm werden, daß er weinte vor Schmerz und es nicht einmal merkte. So weit ist es noch nicht, noch sitzt er nur zusammengesunken am Frühstückstisch, und die Schwester, die ihn nun schon seit längerer Zeit einer eingehenden Betrachtung unterzieht, wedelt immer lustvoller und kräftiger mit den Beinen unter dem Tisch und tritt plötzlich mit aller Gewalt gegen das Tischbein, worauf der ganze Frühstückstisch laut klirrt, jede Tasse und jeder Löffel und jedes Messer. Mein Vater fährt vollkommen erschrocken auf und schaut die Schwester fassungslos an. Das Klirren hat seinen heute so empfindlichen Ohren fast das Trommelfell zerfetzt, und es setzen gleich um so massivere Schmerzwellen in seinem Kopf ein. Jeden Morgen dasselbe, sagt die Mutter zur Schwester. Der Vater bleibt stumm. Er blickt schon wieder unter sich und nimmt nun alles nur noch widerstandslos hin, was folgen wird. Zwei- oder dreimal haben wir ihn ohnmächtig werden sehen beim Frühstück. Da war er ganz unter seinen Schmerzen weggesackt und lag mit dem Oberkörper auf dem Tisch. Seitdem das zum ersten Mal passiert war, warteten alle Beteiligten immer ängstlich darauf, daß es wieder passiere beim Migräneanfall am Frühstückstisch.

Was nun geschieht, geht wortlos und ohne weitere Absprachen vonstatten. Mein Vater hat aufgegeben, meine Mutter stützt ihn, nach einer Weile erhebt er sich langsam und schaut nur noch starr vor sich hin. Die Aufgabe, die ihm bevorsteht: den Weg hinauf ins Schlafzimmer bewältigen, erst durch die Küchentür und den Hausarbeitsraum, von der Mutter geführt, dann ins Foyer, wo mein Ranzen steht und sein Aktenkoffer und das Sakko für den Arbeitstag an der Garderobe hängt (heute hat es frei und wird dort hängen bleiben, bis es die Mutter wieder wegräumt), dann Schritt für Schritt die Treppe hinauf, Marmorstufe um Marmorstufe, rechts am Geländer festhalten, links die stützende Ehefrau. Oben dann sitzt er auf der Bettkante und wird mehr von der Mutter entkleidet, als daß er sich selbst auszieht, denn dazu ist er nicht mehr in der Lage. Sie knöpft ihm das Hemd auf, streift es ab, er hebt mühsam die Arme, sitzt nun im Unterhemd da, und die Schuhe müssen auch noch geöffnet werden. Zug um Zug wird rückgängig gemacht, wie er sich fünfundvierzig Minuten zuvor für den Tag vorbereitet hat, am Ende muß er noch in den Schlafanzug hinein, und endlich kann er auch die Vertikale verlassen und sackt zurück in die Horizontale, in den Ursprungszustand. Nun wird das Zimmer verdunkelt, ein Waschlappen geholt, dann schließt meine Mutter die Tür. Ab jetzt muß die ganze Welt von ihm ferngehalten werden, von seinen Augen, seinen Ohren, seinen Sinnen. Nur noch Schwärze und Stille und die Hoffnung, daß es in seinem Kopf auch endlich bald so sein möge, schwarz und still und leer.

Unten in der Küche regelt die Mutter derweil das Notwendigste. Die widerwillige Schwester wird von der Mutter in ihre Jacke gesteckt, sie hat wieder ihren Ranzen nicht gepackt, also läuft die Mutter hoch ins Zimmer und sucht schnell die Sachen meiner Schwester zusammen, dann fährt sie das Auto aus der Garage, es ist nun schon zehn vor acht, gleich beginnt die Schule. Vergißt sie mich? Vielleicht achtet sie heute nicht auf mich, bei all der Aufregung, und ich kann bleiben, aber ich weiß, ich könnte sowieso schon gar nicht mehr in die Schule, mit diesem Kloß würde ich an keiner Stelle mehr aus dem Haus heraus- und in die Schule hineinkommen, vielleicht ist er sogar schon zu groß für das Schulhoftor. Ich kann nicht mehr sprechen. Ich setze mich auf die Treppe und warte. Meine Mutter ist draußen in der Einfahrt, meine Schwester auch, die Tür steht noch offen, und ich bin jetzt ganz allein im Haus. Allein, abgesehen vom Vater im ersten Stock. So sitze ich auf der Treppenstufe und stelle mir vor, meine Mutter kommt nicht zurück, sondern fährt die Schwester ohne mich in die Schule und läßt den Kloß einfach mit mir auf der Treppe sitzen. Die Schwester sitzt im Auto und beschwert sich darüber, wieso eigentlich sie heute in die Schule müsse, wo doch der Andreas nicht in die Schule müsse und der Vater auch nicht zur Arbeit. Sie beschwert sich darüber, obgleich sie es kaum mehr erwarten kann, endlich in der Schule unter ihren Freundinnen zu sein.

Meine Mutter: Dein Vater hat Kopfschmerzen, und dein Bruder fühlt sich nicht wohl.

Ach, mein Bruder fühlt sich nicht wohl, sagt die Schwester, er fühlt sich ja nie wohl. Er darf sich jederzeit nicht wohl fühlen, und ich muß in die Schule. Ich möchte auch mal so oft fehlen wie mein Bruder.

Meine Mutter läßt mich natürlich nicht auf der Treppe sitzen. Sie kannte diese Situationen mit mir ja. Sie kam an solchen Tagen noch einmal ins Haus zurück und sagte, wenn es mir so gehe, daß ich nicht in die Schule gehen könne, dann solle ich mich wieder ins Bett legen. Hochgehen und ins Bett legen. Ob ich denn wieder den Kloß im Hals habe? Ob ich krank sei? Ich weiß nicht, werde ich vermutlich gesagt haben, wenn überhaupt ein Ton aus mir herauskam. Und anschließend fährt sie die Schwester zur Schule, und ich nehme meinen Ranzen, laufe die Treppe hoch und betrete wieder mein Zimmer.

Alles ist noch da. Der Tisch, auf dem meine Hefte und Bücher liegen, das Fenster, hinter dem die Linden stehen, die Wände, an denen der Setzkasten und mein Kalender hängen. Mein Schreibtischstuhl. In der Ecke der kleine Koffer, in dem ich die komplette Asterixsammlung aufbewahre, die ich von meinem Bruder übernommen habe. Die rote Gardine. Die Schabracke. Der Teppichboden. Die orange-weißen Schränke. Und auf dem Bett mein Schlafanzug. Im Regal das aus Pappe zusammengeklebte Asterixdorf. Asterix und Obelix stehen gerade vor ihrem Haus. Majestix vor seinem, er wird von seinen zwei Trägern getragen. Automatix steht vor seiner Schmiede, und Fischverleihnix vor seinem Haus daneben. Drum herum der Palisadenzaun. Alles geschützt und eingehegt und befriedet.

Heute frage ich mich manchmal, was meine Mutter damals eigentlich dachte, wenn sie fragte, hast du wieder den Kloß im Hals. Den *globus hystericus*, wie er offiziell heißt. Zuerst fühlte er sich immer in etwa so an, als sei da eine Art Tennisball. Am Ende füllte er die ganze Welt aus. Noch heute kann ich mich an ihn wie an etwas Räumliches erinnern. Als Kind war er mir natürlich ein Rätsel. Und nun lag ich in meinem Zimmer, und die Mutter war mit meiner Schwester unterwegs zur Schule. Noch fünf Minuten bis zur Schulglocke. Ich lag im Halbdämmer. Irgendwann nach acht Uhr kam meine Mutter zurück und fragte, ob sie mir etwas bringen solle. Bald darauf kam sie mit Tee und Zwieback oder Toast und Marmelade herauf. Sie stellte es auf meinen Nachttisch, versuchte mir etwas davon zu geben, sah, daß es nicht ging, und verließ mich nach einer Weile wieder, nicht ohne mir die Stirn zu befühlen. Ich dämmerte dann wieder eine Weile vor mich hin … manchmal dachte ich an die Schule … stellte mir vor, welche Stunde jetzt war, wie viele Sekunden seit dem Schulgong vergangen waren … Wenn sich mein Kloß etwas zurückgezogen hatte, aß ich den ersten Marmeladentoast. Der erste Bissen fiel noch schwer, aber der zweite Toast war bereits ein großes Glück, und dazu der Tee, der immer noch warm war. Mein Hunger auf Toast war bald so groß wie der von Obelix auf ein Wildschwein. Ich aß mit großem Appetit, allein in meinem Zimmer. Manchmal schaute meine Mutter zu mir herein und fragte, wie es mir gehe, und ich sagte wahrheitsgemäß, es gehe mir besser. Gegen zehn, halb elf Uhr war der Kloß dann wie immer weitgehend verschwunden, und ich war zwar noch erschöpft, aber ansonsten wiederhergestellt und konnte, nach einem zweiten Frühstück bei meiner Mutter in der Küche, in den Bastelraum hinuntergehen, wo ich dann den Rest des Vormittags blieb und meist erst wieder zu der Stunde hochkam, in der meine Mitschüler Schulaus hatten und sich, was regelmäßig geschah, auf dem

Heimweg vor unserem Hoftor versammelten, um im Chor *Schulschwänzer* zu schreien. Oder ich trug am Vormittag mein Fahrrad von der Garage durch den Garten in den Bastelraum hinunter und putzte es oder schmierte die Kette oder reparierte es, wenn es einen Schaden hatte. An solchen Tagen, an denen ich nicht in die Schule ging, war ich natürlich traurig, nicht mit meinem Fahrrad durch das Viertel fahren zu können, denn nachmittags war das inzwischen zu meiner Lieblingsbeschäftigung geworden.

Mein Fahrrad war orangefarben und hatte eine Dreigangschaltung. Im Sommer fuhr ich stundenlang mit ihm durch die Gegend und zur anderen Usa-Seite mit ihren Kleingärten und der Lindenreihe. Einen halben Kilometer von unserem Haus entfernt lag die Mathildenruhe, das war ein kleiner Spielplatz am Usa-Ufer, wie ein Amphitheater halbkreisförmig von einem Hügel umschlossen. Dort in der Nähe spielten ziemlich viele Kinder aus der Musterschule. Im Sommer des Jahres 1976 hatten sie oberhalb der dortigen Böschung eine Art Dorf gebaut. Aus alten Holzlatten, die dort herumlagen, wurden zwei Hütten zusammengenagelt, dann hatten sie noch eine Bank gebaut, oder zumindest irgendein Ding, auf das man sich setzen konnte. Was sie dort genau taten, kann ich nicht sagen, weil ich nie mit ihnen spielte, sondern sie fast immer nur aus der Ferne sah, und sie sahen mich ebenfalls nur von fern. Es waren immer mindestens sechs oder sieben Kinder. Einmal hatten sie mich zum Spielen eingeladen, ich wohnte ja in der Nähe, aber als ich zu ihnen kam, stand ich lediglich eine Viertelstunde bei ihnen herum und fuhr dann wieder davon. Sie hatten mir einen offiziellen Arbeitsauftrag im Dorf geben wollen, den ich auch bereitwillig angenommen hätte, aber dann hatte sich jemand beschwert, wieso nicht er den Arbeitauftrag bekomme, sondern ich, dann disputierten sie eine Weile darüber, daß ich schon einen Auftrag bekommen müsse, wenn ich schon einmal dabei sei und mitspielen wolle, so ging es hin und her, ich wurde schnell unruhig und verschwand.

An der Mathildenruhe fuhr ich gern mit dem Fahrrad auf und ab. An einer Stelle gab es eine Art Piste, auf der man von oben nach unten schießen konnte, es kam mir fast vor wie ein Sturzflug. Man mußte dann rechtzeitig vor dem Usa-Ufer bremsen, sonst lag man im Wasser. Stundenlang konnte ich dort hoch- und herunterfahren. Ich war allein dort, um mich herum die Linden, die Usa und der Wetterauer Himmel, und ich immer völlig unbeschwert. Mit meinem Fahrrad erkundete ich das ganze Barbaraviertel (so heißt das Viertel, in dem wir wohnten), und die genauen Grenzen dieser Welterkundung waren nördlich unser Viadukt, die vierundzwanzig Hallen, und südwestlich die Ecke Gebrüder-Lang-Straße/Fauerbacher Straße, wo die Bahnunterführung war. Dazwischen, im Kessel, lag das Barbaraviertel. Manchmal fuhr ich zur Siedlung und traf dort ein Mädchen namens Manuela, das im selben Jahr neu zu uns in die Klasse gekommen war und sogar eine Weile neben mir gesessen hatte, was für mich außergewöhnlich gewesen war. Manuela hatte auch ein Fahrrad. Wir fuhren durch die Straßen, fuhren um die Usa oder liefen auf das ehemalige Firmengelände unseres Steinmetzbetriebs. Damals war das Gelände noch nicht verkauft, es barg viele Geheimnisse und Erkundungs- und Rückzugsmöglichkeiten. Manchmal fuhr ich zum Gößwein. Der Gößwein war ein Fahrradhändler und hatte seine Werkstatt in einer Garage auf einem Hinterhof im Mühlweg. Es war ein Hinterhof mit einer ganzen Anzahl von Garagen, die nicht nur für das Abstellen von Autos genutzt wurden, sondern in denen auch gearbeitet wurde, wie es damals im Barbaraviertel üblich war. Nachmittags kam der Gößwein, klappte die hölzerne Garagentür nach oben und holte einige Fahrräder in die Sonne heraus, um an ihnen zu arbeiten. Ich schaute ihm zu und durfte ihm manchmal zur Hand gehen; er ließ mich irgendwelche Schraubenschlüssel holen, die nach Größen geordnet in einem Kasten in der dunklen Garage lagen, oder trug mir irgendeine andere kleine Arbeit auf. Der Gößwein war so alt wie mein Onkel J. Er war so etwas wie die lebenstüchtige Version meines Onkels, und seine Fahrradwerkstatt war die realistische Gegenversion zur Phantasiewerkstatt meines Onkels im Keller in der Bad Nauheimer Uhlandstraße. Beim Gößwein hatte alles eine Funktion, und die Fahrräder, deren Bremsen kaputt oder deren Felgen verzogen waren, oder die platt oder anderweitig beschädigt waren, waren bald wieder fahrtüchtig, eines nach dem anderen. Mein Onkel J. dagegen konnte überhaupt nichts reparieren, auch wenn er es glaubte. Manchmal wollte J. mein eigenes Fahrrad reparieren, dann hob er es auf, drehte es um, stellte es auf Sattel und Lenker und holte eine Werkzeugkiste aus dem Vorratsraum in unserem Keller. Ich ging dann weg, weil ich wußte, es würde sowieso nichts passieren. Kam ich eine Viertelstunde später zurück, stand das Fahrrad immer noch auf Lenker und Sattel, aber der Onkel war weg, und sah ich ihn später wieder, sprach ich ihn nicht darauf an. Anschließend schob ich das Rad zum Gößwein, der es reparierte und mir zeigte, wie ich es beim nächsten Mal selbst in Ordnung bringen könnte.

Die meisten Räder beim Gößwein gehörten Erwachsenen und waren größer als meins. Ich stellte mir vor, irgendwann auch ein so großes Rad zu besitzen und dann die Grenze unseres Barbaraviertel-Kessels hinter mir zu lassen und noch ganz andere Dinge zu erkunden. Manchmal kam ich mit dem Fahrrad beim Metzger Blum vorbei, und wenn ich nur lange genug vor dem Schaufenster stehenblieb, rief mich die junge oder die alte Frau Blum herein, dann lehnte ich mein Fahrrad gegen den Zaun (abschließen mußte man nicht) und bekam drinnen ein Stück Wurst, meistens Gelbwurst oder Fleischwurst. Oder ich fuhr wieder zu unserem Haus zurück und hielt dann gegenüber bei den Eilers, die dort wohnten. Herr Eiler, ehemals Jugoslawe, zu der Zeit schon eingebürgert, arbeitete in der Garage. Er trug sommers immer eine kurze braune oder graue Hose mit Bundfalten, ein Unterhemd, Socken, Sandalen und meistens einen Hut auf dem Kopf gegen die Sonne. Er tat in der Garage das, was später auch sein Sohn machen würde, als Herr Eiler schon längst tot war: er besserte das Automobil aus. Ständig mußten zum Beispiel rostige Stellen beseitigt werden. Der Rost wurde abgeschmirgelt, dann wurde eine weiße Paste darauf gespachtelt, anschließend wurde die betreffende Stelle poliert und wieder lackiert. Bald wurden auch die Autos sämtlicher Bekannter in der Eilerschen Garage ausgebessert, abgeschmirgelt, poliert und lackiert, und Herr Eiler bekam dafür einen Geldschein in die Hosentasche gesteckt. (Nach dem Tod von Herrn Eiler und nachdem sein Sohn ausgezogen war, wurde die Garage vermietet, ebenfalls an einen reparierenden Autobesitzer, diesmal mit Sportwagen.) Ich ging gern zu den Eilers. Oft saß ich dann bei Frau Eiler in der Küche und bekam etwas zu essen. Wenn sie einen falschen Hasen gemacht hatte und mich auf der Straße vorbeikommen sah, rief sie, Andi, ich habe falschen Hasen gemacht, willst du was? Sie wußte, daß ich ihren falschen Hasen mochte (zu Hause bei uns gab es das nie). Überhaupt aß ich gern bei den Eilers. Es gab eine Scheibe Brot dazu, ich saß an einer karierten Tischdecke, die Küche war klein und einfach, so wie überhaupt das Eilersche Haus ganz einfach gebaut und im Vergleich zu unserem geradezu winzig war. Herr Eiler aß auch falschen Hasen, trank einen Sliwowitz, füllte anschließend seine Thermoskanne und packte seine Ledertasche, um sich auf sein Fahrrad zu setzen und zur alten Zuckerfabrik in die Fauerbacher Straße hochzufahren, wo er Torwächter war. Er hatte immer Schichtdienst.

Mein Fahrrad hatte meinen Weltkreis erheblich erweitert, ich kannte bald die ganze Straße und das ganze Viertel. Stadtwärts konnte man das Barbaviertel nur an zwei Stellen verlassen, an den besagten vierundzwanzig Hallen, unter denen es steil den Burgberg hinaufging, und an jener Bahnunterführung Ecke Fauerbach, zu der die Gebrüder-Lang-Straße im hinteren Teil kaum minder steil anstieg. Das war die Straße, in der der Gößwein sein eigentliches Geschäft hatte. Beide Übergänge akzeptierte ich als natürliche Grenze und dachte darüber auch nicht weiter nach. Den hinteren Teil der Gebrüder-Lang-Straße fuhr ich nur hoch, um entweder beim Gößwein etwas für das Fahrrad zu holen oder mich mit Höchstgeschwindigkeit von oben hinunterrollen zu lassen. Dann versuchte ich stets, mit dem Schwung, den ich hatte, bis zum anderen Ende der Gebrüder-Lang-Straße zu kommen, wo sie auf die Usa stößt und in den Mühlweg abbiegt. Mich kümmerte nicht weiter, daß ich dabei an zwei Straßen vorbeikam, aus denen jederzeit hätten Autos auf die Gebrüder-Lang-Straße einbiegen und mich überfahren können. Im Grunde genommen war es wie russisches Roulette. Aber es passierte nie etwas, es kam nie ein Automobil von rechts, dort hinten war nur der Friedhof, und den suchten die Friedberger, zumal die älteren, oft noch zu Fuß auf. Die meisten von ihnen hatten gar kein Automobil.

Mit der Zeit wußte ich, wer wo wohnt, zum Beispiel auch, wo die Freundinnen meiner Schwester lebten. Diese Häuser umfuhr ich immer weiträumig. Ich fuhr an den kompliziertesten Stellen mühelos freihändig, und manchmal gelang es mir sogar, freihändig und mit geschlossenen Augen vom Mühlweg zum Edeka zu fahren, der zwei Straßenecken weiter lag. Das war natürlich ebenfalls ziemlich gefährlich, aber auch das kümmerte mich seltsamerweise nicht. Es reizte mich vielmehr. Im Edeka kamen die Kinder vorbei und kauften oft etwas für ihre Mütter ein, die zu Hause den Haushalt besorgten. Sie bekamen von der Mutter ein Zweimarkstück, dann holten sie kleine Flaschen Korn, vielleicht auch eine Flasche Bier, wenn zu Hause keines da war. Herr Becker, der Verkäufer, saß an der Kasse, kassierte die Kinder ab und ließ einen Gruß an die Mutter zu Hause ausrichten. Noch heute kann ich im Geist durch den kleinen alten Edeka-Laden laufen und weiß genau, wo was war. Die kleinen Schnapsflaschen gab es wie immer an der Kasse.

Einige aus meiner Klasse wohnten im Barbaraviertel, auch zu ihnen fuhr ich nicht. Ich ging auch nicht gern zur Siedlung, vor der stets gewarnt wurde. Die Siedlung bestand aus zwei großen Wohnblökken, dort lebte man in kleinen Wohnungen, sozialer Wohnungsbau, und zwischen den beiden Blöcken war ein Spielplatz. Wer dort wohnte, war sozusagen stigmatisiert, über ihn hieß es dann nur: »Er wohnt in der Siedlung.« Das reichte als Charakterisierung der betreffenden Person. Die aus der Siedlung gingen zwar auf meine Grundschule, aber nach der vierten Klasse waren sie alle weg; einige von ihnen sah ich später noch auf dem Pausenhof der Gesamtschule wieder, die ich besuchte, allerdings immer nur dort, wo die Hauptschüler zusammenstanden und rauchten. Aber in der Siedlung wohnte auch Manuela, deshalb war ich manchmal dort.

Wenn wir beide unterwegs waren, war oft die alte Firma unser Ziel. Sie lag der Siedlung direkt gegenüber, war inzwischen stillgelegt, das Gelände war schon einigermaßen mit Gras überwuchert, erste Birken wuchsen empor, aber die Gebäude standen noch alle da und waren noch nicht abgerissen. Das Tor war abgeschlossen, aber es gab genügend undichte Stellen im Zaun, so daß man mühelos auf das für mich damals riesige Grundstück schlüpfen konnte. Das Erdgeschoß der alten Mühle, in der Frau Rauch ihr Büro gehabt hatte, stand nunmehr leer, dafür war jetzt der obere Stock vermietet, dort wohnten neuerdings Türken. Wir betraten die Mühle nicht, wir hielten uns eher weiter hinten Richtung Usa auf, streunten durch die riesigen Lagerhallen, verliefen uns, gerieten in irgendwelche Ecken, in dunkle Räume, wo altes, schweres Eisengerät herumstand, und überall war noch der Geruch der Firma, der Geruch nach Eisen und nach Öl oder Schmierfett. Wir kletterten auf den Maschinen herum und versteckten uns irgendwo in den riesigen Hallen. Wir entdeckten immer neue Winkel, denn ich hatte früher, als die Firma noch existierte, natürlich keinerlei Überblick über das Gelände gehabt, ich war dafür viel zu klein gewesen. Und auch jetzt könnte ich aus den fragmentarischen Erinnerungen, die ich noch vom Herumstreunen mit Manuela aus der Siedlung habe, nicht annähernd ein zusammenhängendes Bild der Firma rekonstruieren. Ich habe nur noch Eindrücke von dunklen Kammern, lichtdurchfluteten Hallen mit zerbrochenen Scheiben und riesigen Schiebetoren, von den besagten Maschinen, die überall herumstanden, und von dem ganzen Staub, der sich überall abgelagert hatte. Vor allem aber habe ich noch eines im Gedächtnis, und das ist auch der Kern meiner Erinnerung an Manuela, von der ich heute nicht einmal mehr den Nachnamen weiß: das Baumhaus.

Irgendwer hatte in den Jahren zuvor auf dem Firmengelände ein Baumhaus am Usa-Ufer gebaut. Es war nicht eigentlich ein Haus, mehr nur eine Plattform, zu der man mit einer Leiter hinaufklettern konnte. Dort saß ich mit Manuela an den Nachmittagen. Wir schauten auf die Usa, schauten auf die Bäume, schauten in den Himmel, und wir sprachen miteinander. Was wir uns erzählten, weiß ich kaum mehr. Ich weiß noch, daß sie von ihrer Familie erzählte, die natürlich vollkommen anders war als meine Familie, und daß ich wiederum von meiner Familie erzählte, die sie als Siedlungskind natürlich mindestens ebenso grotesk fand wie wir die Siedlungsfamilien. Unser Haus war das mit Abstand größte Einfamilienhaus im Barbaraviertel, man kann nicht sagen, daß uns diese Tatsache im Viertel besonders beliebt gemacht hätte. Ansonsten war das Barbaraviertel hauptsächlich mit kleineren Häusern aus der Nachkriegszeit bebaut, in denen meistens noch drei Generationen ein und derselben Familie zusammen wohnten. Die Firma, das Haus und die Siedlung befanden sich im Mühlweg auf engem Raum beieinander, sie waren nicht weiter als achtzig Meter voneinander entfernt, aber unser Grundstück, das auf der Höhe der Siedlung begann, erstreckte sich dann so weit Richtung Südosten, daß die Siedlungskinder oft gar nicht wußten, wo es endete. Manuela hatte die üblichen Geschichten über uns gehört, und ich hatte über die Siedlungskinder auch immer nur die üblichen Geschichten gehört. Trotzdem waren wir uns schon am gemeinsamen Schultisch nähergekommen, und nun erzählten wir im Baumhaus von den anderen Familienmitgliedern und überhaupt von unserem Leben und was jeder von uns so mache, und was wir uns erzählten, teilten wir anschließend als Geheimnis und verteidigten dieses Geheimnis eine Weile gegen die ganze Welt. Übrigens weiß ich noch, daß ich mich damals ernsthaft dahingehend prüfte, ob ich verliebt sei, vielleicht hatte man es uns auf dem Schulhof schon nachgeschrien. Ich wußte, daß Verliebtsein etwas mit Jungen und Mädchen bzw. irgendwie mit dem Zusammensein beider zu tun habe, ich hatte aber keine Ahnung, wie genau es sich anfühlte, ob es sich überhaupt irgendwie anfühlte oder ob es nicht eher etwas Materielles war, das von außen dazukommen mußte, oder daß eine objektive Instanz eine Art von Schiedsspruch aussprechen mußte, und dann war man erst rechtmäßig verliebt. Daß wir uns an den Händen hielten, glaube ich schon, so wie man es als Kinder macht. Daß wir uns küßten, glaube ich nicht. Daß wir beide wußten, daß wir in gewisser Weise einen Regelverstoß begingen, glaube ich wiederum, denn ein Junge hätte mit einem Jungen und ein Mädchen mit einem Mädchen spielen sollen. Aber wir spielten ja eigentlich gar nicht miteinander. Es war schön, wenn der Nachmittag immer länger dauerte und allmählich in den Frühabend überging und wir im Baumhaus saßen. Es war für mich wie ein Abenteuer, ich saß neben Manuela und war zugleich aufgeregt und glücklich. Manuela, das weiß ich noch, hatte lange Haare, aber sie war nicht sonderlich hübsch. Sie muß braune Augen gehabt haben, aber eine ziemlich bleiche Haut. Es gab Mädchen in der Klasse, die viel hübscher waren. Vielleicht war das Erstaunlichste für mich die Selbstverständlichkeit, mit der wir dort saßen. Immer hatte ich vor anderen Kindern Angst gehabt, und nun saß ich hier mit einem anderen Schulkind, und ich mochte es, und es mochte mich.

Wenn wir uns getrennt hatten, fuhr ich noch eine Weile durch die Straßen des Barbaraviertels.

Aber wenn sich der Kloß bemerkbar gemacht hatte und ich krank war, mußte ich natürlich den ganzen Tag zu Hause bleiben. An diesen Tagen konnte ich nicht auf mein Fahrrad steigen, um durch das Viertel zum Gößwein oder an die Usa zu fahren oder Manuela zu treffen. Wenn bei meinem Vater die Kopfschmerzen so schlimm geworden waren, daß er es gar nicht mehr aushielt, brachte meine Mutter ihn mittags zum Doktor Kielhorn nach Bad Nauheim. Das war das allerletzte Mittel. Kaum hörte ich an solchen Tagen, daß meine Eltern das Haus verließen, stand ich am Fenster und schaute den Vorgängen draußen zu: wie sich mein Vater zum Wagen schleppt, wie meine Mutter die Garage schließt und das Hoftor öffnet, wie der Mercedes langsam rückwärts die Einfahrt hinausfährt, hinten auf die Straße biegt und dann verschwindet. Ganz allein im Haus zu sein, das war der seltsamste Zustand, den ich kannte. Er machte mich fast besinnungslos. Dieser Zustand versetzte mich in eine Art Euphorie, die mich zugleich am allergründlichsten lähmte und tatenlos machte, und zwar allein, weil durch diesen Zustand ein so großes Glück verheißen war, daß ich damit zunächst gar nichts anzufangen wußte. Die ersten Minuten waren wie eine komplette Betäubung. Ich konnte nun gehen, wohin ich wollte, im ganzen Haus, ich hätte auf den Speicher steigen können, ohne daß mich jemand gefragt hätte, was ich dort wollte, ich hätte die Zimmer meiner Geschwister oder das Büro meines Vaters erkunden können, ich hätte an den Kühlschrank gehen und dort in kürzester Zeit alles, was ich wollte, in mich hineinschlingen können, ich hätte mich vor den Fernseher setzen und durch die damals noch wenigen Programme schalten können, ich hätte Erlaubtes und Verbotenes tun können, aber ich machte von alldem nichts. Ich stellte sogar sofort meine Tätigkeit im Bastelraum ein, denn tatsächlich war das erste, was ich tat, wenn meine Eltern das Haus verließen, daß ich ganz leise nach oben ging und mich ans Fenster stellte, während sie aufbrachen. Die Gardine war vorgezogen, man konnte mich nicht dahinter sehen, aber ich stellte mich so hin, daß ich auch ohne Gardine nicht zu sehen gewesen wäre. Ich wollte sie ja nicht beobachten, ich wollte nur sicher sein, daß sie auch tatsächlich wegfuhren. Ich stand auch noch am Fenster, als das Automobil längst nicht mehr zu sehen war. Ich schaute auf die Einfahrt, auf die gegenüberliegenden Firmenhallen, aber ich schaute nicht bewußt, sondern wie in einen Zustand völliger Reglosigkeit versetzt. Ich konnte das Geräusch meiner eigenen Ohren hören. Was ich vor allem wahrnahm, war die komplette Stille. Diese Stille erschreckte mich nicht, im Gegenteil. Es war zwar auch vorher still gewesen, mein Vater hatte ja lediglich im Bett gelegen und meine Mutter irgendwo vor sich hin gearbeitet, aber es hätte doch jederzeit etwas passieren können, jederzeit hätte jemand zu mir hereinkommen oder etwas anderes geschehen können. Nun konnte nichts mehr passieren, es war unmöglich und ausgeschlossen. Selbst wenn das Telefon klingelte, verlor die Stille ihre Unbedrohtheit nicht, denn die Person, die anrief, befand sich ja nicht im Haus, sondern ganz woanders. Es war eine Distanz zwischen mir und allen anderen, und sie würde gewahrt bleiben für mindestens eine Dreiviertelstunde, entweder bis die Eltern vom Doktor zurückkamen – vielleicht blieben sie aber auch länger – oder meine Schwester von der Schule heimkehrte, was sich aber auch verzögern konnte, da sie nach Schulende meistens noch mit ihrem Zug herumstreunte. Eine schier endlose Dreiviertelstunde! Ich im Haus und alle anderen draußen. Dieser Zustand erschien mir als das Notwendigste auf der Welt, aber er lähmte mich wie gesagt auch, eigentlich verbrachte ich die meiste Zeit nur damit, auf ebenjene Stille zu hören, nur unterbrochen von einem Auto, das in einiger Entfernung durch den Mühlweg fuhr, oder vielleicht von dem

Geräusch einer Kreissäge aus einer der Garagen in Richtung Siedlung, was mich aber nicht störte. Übrigens schien das Haus, kaum war ich allein, noch einmal um das Doppelte anzuwachsen, alle Räume erschienen mir plötzlich größer. Langsam lief ich die Treppe hinunter, immer wieder stehenbleibend und auf die Abwesenheit der Geräusche um mich herum lauschend. Die Atmosphäre eines jeden Raums nahm mich gefangen. Die wenigen Möbel standen halbdunkel an ihren Plätzen und wirkten jetzt, als gehe eine unbestimmte Traurigkeit von ihnen aus. Die Teppiche lagen schwer und bedrückend auf dem Boden, ebenso schwer hingen die Übervorhänge an den Fensterseiten. Auch die Schabracken hatten etwas Lastendes. Mein Zustand der Euphorie beinhaltete ja nicht, daß sich etwa ein Gefühl von Befreiung oder Durchatmenkönnen eingestellt hätte. Nein, es war vielmehr so, daß das Licht, das durch die Vorhänge kam, daß die Möbel an ihren traurigen Plätzen, daß die halbgeöffneten Türen und die von irgendwem irgendwo stehengelassenen Dinge plötzlich wie mein eigenes Seelenbild waren. Ich faßte nichts an und bewegte nichts, sondern lief nur an allem vorbei und beließ es in dieser Stille und Handlungslosigkeit. Alles war für sich und konnte so bleiben, vielleicht in Ewigkeit. Ganz langsam streunte ich durch die Räume. Ich ging ins Wohnzimmer, ins Eßzimmer, in die Küche ... aber warum ich da jeweils hinging, hätte ich nicht sagen können. Das Wohnzimmer war eigentlich eine Raumflucht aus zwei Zimmern, spärlich eigerichtet, die Decke wie im ganzen Haus nicht sonderlich hoch. Ein großer Wandschrank mit Türen und Regalen, in denen die privaten Bücher meines Vaters standen, die ich mir oft anschaute. Gründungsgeschichten der BRD. Bücher über die Sowjetunion, Moskau, Lenin. Die Autobiographie Konrad Adenauers. Geschichte des Nationalsozialismus. Die großen Opern der Welt. Oder ich blätterte die Langspielplatten meiner Mutter durch, die ebenfalls dort standen. Vivaldi, Iwan Rebroff, Chaconne. Dazwischen auch einige Platten des Vaters, La Montanara, das Lied der Berge, Lieder »Aus der Stundentenzeit«. In jedem der beiden Räume stand wie verloren eine Sitzgruppe, eine in der Mitte, eine am Rand. Im größeren Raum der Fernseher. Dann nur noch eine Stehlampe mit einem großen Schirm. Vom Eßzimmer konnte man in den Garten schauen. Erinnere ich mich heute daran, wie ich dort am Fenster stand, allein, wenn ich nicht in die Schule ging, denke ich immer, es ist ein gleichbleibend bedeckter, nicht sonniger Tag, grau und eher kühl. Hinter dem Garten der Schrebergarten Herrn Rubins. Ganz klein war Herr Rubin zu sehen, wie er dort arbeitete. Frührentner. Sonst saß immer die ganze Familie mit Großmutter und Onkel im Eßzimmer, nun war alles leer und lautlos, jeder Stuhl akkurat unter den Tisch geschoben, auf dem Tisch ein Tischdeckchen und darauf eine Blumenvase, möglicherweise mit einer künstlichen Blume, aber vielleicht kamen die auch erst ein paar Jahre später, oder mit Rosen aus dem Garten, die immer sehr stark dufteten. Jede Sekunde und jede Minute und jede Stunde hätte so sein können, dann wäre alles gut gewesen. Eine unbewegte Welt. Vielleicht, wäre es immer so weitergegangen und wäre nie wieder jemand in das Haus zurückgekommen, hätte ich auch verhungern können im Haus, und es wäre mir trotzdem irgendwie richtig und als ein mir zugehöriger Teil meines eigentlichen Lebens vorgekommen. Vielleicht hätte ich beim Verhungern nicht einmal Hunger gespürt, sondern hätte nur in den Räumen dagestanden und später gelegen und wäre schließlich einfach gestorben, und der Tod hätte sich dann von dem Leben vorher gar nicht weiter unterschieden, und ich hätte es eigentlich auch gar nicht gemerkt.

Aber nach einiger Zeit legt sich der Zustand der Lähmung dann doch, und ich laufe in die Küche und gehe zum Kühlschrank, hole Butter und Käsescheiben heraus und mache mir ein Käsebrot, das ich im Stehen esse, am Küchenfenster oder vor dem Fernseher oder an der Terrassentür, mit Blick auf die Usa. Genau so ein Käsebrot, wie ich es abends nie essen konnte. Möglich, daß am Vortag unsere

Nähfrau dagewesen ist und die Nähmaschine noch ausgepackt oben im Balkonzimmer steht, dann gehe ich hoch und schaue mir die Maschine an, drehe am Kurbelrad und verfolge, wie sich die Nadel hebt und senkt. Oder ich gehe ins Zimmer meines Bruders und höre mir eine LP-Seite an, mit *Shine on you crazy diamond* oder *Echoes*. Oder im Wohnzimmer *Mein Rußland du bist schön*. Und die Musik vermischt sich mit meinem Zustand und dem Haus und allen seinen Räumen und der Wetterau vor den Fenstern, aus denen ich schaue. Mit den Bäumen, mit der Usa, dem Himmel, und in der Ferne auch mit Herrn Rubin, der lautlos da draußen vor sich hin arbeitet.

Andreas Maier
im Suhrkamp Verlag

Bullau. Versuch über Natur. Von Andreas Maier und Christine Büchner. it 4581. 127 Seiten

Die Familie. Roman. Gebunden. 166 Seiten

Das Haus. Roman. Gebunden und st 4416. 164 Seiten

Kirillow. Roman. Gebunden und st 3778. 348 Seiten

Klausen. Roman. Gebunden und st 3569. 216 Seiten

Der Kreis. Roman. Gebunden und st 4829. 146 Seiten

Mein Jahr ohne Udo Jürgens. Gebunden und st 4764. 218 Seiten

Onkel J. Heimatkunde. Gebunden und st 4261. 131 Seiten

Der Ort. Roman. Gebunden und st 4689. 154 Seiten

Sanssouci. Roman. Gebunden und st 4165. 298 Seiten

Die Straße. Roman. Gebunden und st 4567. 193 Seiten

Die Universität. Roman. Gebunden. 147 Seiten

Wäldchestag. Roman. Gebunden und st 3381. 315 Seiten

Was wir waren. Kolumnen. st 4933. 113 Seiten

Das Zimmer. Roman. Gebunden und st 4303. 203 Seiten

NF 385/1/07.19

Ich. Frankfurter Poetikvorlesungen. es 2492. 150 Seiten

NF 385/2/07.19

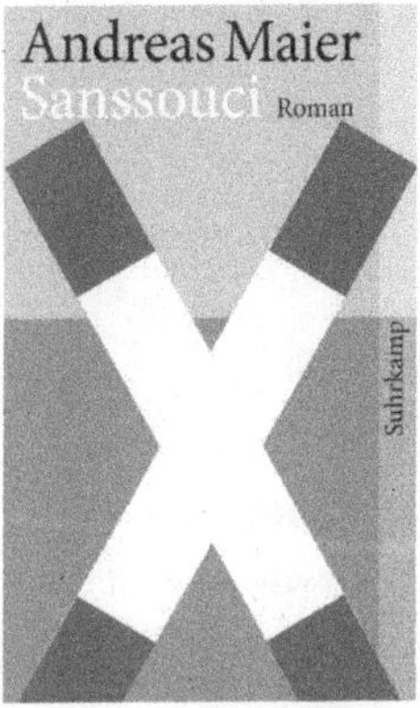

Andreas Maier
Sanssouci
Roman
st 4165. 298 Seiten

Ein skrupelloses Zwillingspaar, ein orthodoxer Mönch, eine sadistische Vegetarierin und ihre Opfer, ein Fernsehredakteur und der Bürgermeister: Sie alle stolpern übereinander, fallen sich in den Arm oder gehen sich aus dem Weg nach dem Unfalltod des Regisseurs Max Hornung, der als Wessi Potsdam mit der Fernsehserie »Oststadt« verewigt und in Empörung und Dankbarkeit gespalten hat. Tatsächlich hat die Stadt auch einen realen doppelten Boden: ein Gangsystem unter dem Schloßpark, in dem man sich zu Zeitvertreib, Quälereien und Okkultismus trifft.

»Ein radikaler romantischer Roman, der nach der Wahrheit unseres Lebens fragt.« *Iris Radisch, Die Zeit*

NF 990/1/1.11

Andreas Maier

Klausen

Roman
suhrkamp taschenbuch 3569
216 Seiten

Klausen, ein unscheinbares Städtchen in Südtirol, wird zum Zentrum eines bedrohlichen Geschehens. Alles beginnt ganz harmlos: In einer Wirtschaft kommt es zu einem Streit zwischen einem Einheimischen und zwei deutschen Touristen. Die Meinungen über diesen Vorfall gehen schnell auseinander. Plötzlich ist von einem Schuß die Rede. Wer das Opfer ist, wer der Täter, darüber gibt es zunächst abenteuerliche Spekulationen. Immer hitziger werden die Debatten, der Streit weitet sich aus, es kommt zu einer Reihe von Übergriffen und Gewalttaten in der Stadt. Eine neugegründete Bürgerinitiative schießlich bringt das Faß zum Überlaufen.

Wie eine Verwirrung die nächste stiftet, bis alle Gewißheiten (oder was wir dafür halten) immer wahnhaftere Züge annehmen und schrill auf unser Handeln zurückwirken, das komponiert Andreas Maier zu einer bitterbösen Komödie über dieses vielleicht gar nicht so weltabgelegene Klausen.

NF 432/1/2.06

Andreas Maier

Wäldchestag

Roman
suhrkamp taschenbuch 3381
315 Seiten

Andreas Maier präsentiert sich in seinem großen Debütroman als gerissener Erzähler mit gewaltigem Fabuliertalent. Adomeit, Naturkundler und Ornithologe, über den man in seinem Wetterauer Provinznest mehr Mutmaßungen erzählt als Tatsachen, wird zu Grabe getragen. Über sein Vermögen kursieren ebenso wilde Gerüchte wie über seine Beziehung zur Schwester, die er vor vielen Jahren wegen eines unehelichen Kindes aus dem Haus gejagt haben soll. Adomeit hat seinen Tod so inszeniert, daß die Beerdigung ausgerechnet am Pfingstsonntag stattfindet. Die angereiste Verwandtschaft und all die Sensationshungrigen im Dorf müssen sich aber noch zwei weitere Tage gedulden, denn auch für die Testamentseröffnung ist vom Verstorbenen ein unpassender Termin festgelegt worden: der Pfingstdienstag, an dem man im Frankfurter Raum traditionell den Wäldchestag feiert. Eine tollkühn erzählte Geschichte über einen gebeutelten Kerl, der der Welt auf beeindruckende Weise eine Nase dreht.

NF 546/1/2.06

Andreas Maier

Kirillow

Roman
suhrkamp taschenbuch 3778
352 Seiten

Franz Kober und Julian Nagel sind mehr als Freunde, fast schon Wahlbrüder. Eingeschrieben an der Uni Frankfurt, studieren sie jedoch weniger ein bestimmtes Fachgebiet als vielmehr die prinzipielle Frage, wie falsches und wahres Leben voneinander zu unterscheiden sind. Unversehens – leichter noch als in den ersten beiden Romanen – verstrickt uns Andreas Maier mit *Kirillow* ins Beziehungs- und Redegeflecht dieser beiden jungen Männer und ihrer Clique, die ständig in Bewegung sind: auf der Suche nach Erleuchtung, einem Lebensziel, einem Partner, Anerkennung, mehr Alkohol und mehr Würstchen und einem Schlafplatz für den Rest der Nacht. Ebenso unterhaltend wie bestechend wirkt die Komik, mit der Maier den Ernst der Krankheit Jugend zum Gegenstand seines Erzählens macht, ohne die kleinste Konzession an den Jux.

»Andreas Maier schreibt sich mit *Kirillow* in die erste Reihe der deutschen Gegenwartsliteratur.« *taz*

NF 545/1/2.06

suhrkamp taschenbücher
Eine Auswahl

Isabel Allende
– Das Geisterhaus. Roman. Übersetzt von Anneliese Botond. st 1676. 501 Seiten
– Mayas Tagebuch. Roman. Übersetzt von Svenja Becker. st 4444. 444 Seiten

Maya Angelou
– Ich weiß, warum der gefangene Vogel singt. Übersetzt von Harry Oberländer. st 4897. 321 Seiten

Jurek Becker
– Jakob der Lügner. Roman. st 774. 288 Seiten

Louis Begley
– Lügen in Zeiten des Krieges. Roman. Übersetzt von Christa Krüger. st 2546. 223 Seiten. Großdruck: st 4092. 310 Seiten

Thomas Bernhard
– Alte Meister. Komödie. st 1553. 310 Seiten
– Holzfällen. Eine Erregung. st 1523. 336 Seiten

Lily Brett
– Chuzpe. Roman. Übersetzt von Melanie Walz. st 3922. 334 Seiten

Jaume Cabré
– Die Stimmen des Flusses. Roman. Übersetzt von Kirsten Brandt. st 4049. 666 Seiten

NF 266c / 1 / 01.19

Marguerite Duras
– Der Liebhaber. Übersetzt von Ilma Rakusa. st 4507. 143 Seiten

Hans Magnus Enzensberger
– Gedichte 1950-2020. st 5013. 250 Seiten

Elena Ferrante
– Meine geniale Freundin. Übersetzt von Karin Krieger. Roman. st 4930. 488 Seiten

Peter Handke
– Immer noch Sturm. st 4323. 165 Seiten
– Wunschloses Unglück. Erzählung. st 3287. 96 Seiten

Hermann Hesse
– Der Steppenwolf. Roman. st 175. 288 Seiten
– Siddhartha. Eine indische Dichtung. st 182. 128 Seiten
– Narziß und Goldmund. Erzählung. st 274. 320 Seiten

Uwe Johnson
– Jahrestage. Aus dem Leben von Gesine Cresspahl. 4 Bände. st 4455. 2150 Seiten

James Joyce
– Ulysses. Roman. Übersetzt von Hans Wollschläger. st 3816. 987 Seiten

Andreas Maier
– Das Haus. Roman. st 4416. 165 Seiten
– Wäldchestag. Roman. st 3381. 315 Seiten

Robert Menasse
– Die Hauptstadt. Roman. st 4920. 459 Seiten
– Die Vertreibung aus der Hölle. st 4863. 729 Seiten

NF 266c / 2 / 01.19

Amos Oz
- Eine Geschichte von Liebe und Finsternis. Roman. Übersetzt von Ruth Achlama. st 3788 und st 3968. 828 Seiten

Marcel Proust
- Auf der Suche nach der verlorenen Zeit. 3 Bände in Kassette. Übersetzt von Eva Rechel-Mertens. st 4830. 5200 Seiten

Ralf Rothmann
- Der Gott jenes Sommers. Roman. st 4959. 260 Seiten
- Im Frühling sterben. Roman. st 4680. 233 Seiten

Judith Schalansky
- Der Hals der Giraffe. Bildungsroman. st 4388. 222 Seiten

Uwe Tellkamp
- Der Turm. Roman. st 4160. 976 Seiten

Hans-Ulrich Treichel
- Der Verlorene. Erzählung. st 3061. 176 Seiten

Martin Walser
- Ein fliehendes Pferd. Novelle. st 600. 160 Seiten

Don Winslow
- Tage der Toten. Kriminalroman. Übersetzt von Chris Hirte. st 4340. 689 Seiten

NF 266c / 3 / 01.19